Hark Larsen

„Umweg Leben"

Die wahre Geschichte eines Selbstmörders.

Erzählung

Der Autor Hark Larsen
erzählt im Auftrag seines Freundes, dem zwischenzeitlich verstorbenen Protagonisten in dieser autobiografischen Erzählung, von dessen verlorener Liebe.

Fehler in der Rechtschreibung/Grammatik und Brüche in der Handlung, hat der Autor bewusst nicht korrigiert.

Die Erzählung orientiert sich an den Original Tagesbüchern seines Freundes.

Die vermeintlichen Fehler spiegeln die Zerrissenheit des Protagonisten wieder.

Der Verstorbene setzt sich kontrovers mit dem großen Thema der verlorenen Liebe auseinander.

Selbstverständlich ist die Erzählung - zum Schutz der Privatsphäre der lebenden und des verstorbenen Protagonisten – vom Autor streng anonymisiert worden.

Zum Buch

Der Stellvertreter Autor Hark Larsen führt seine Leserinnen und Leser durch seinen namenlosen Erzähler, erst sensibel und behutsam, in das Leben seines vermeintlich glücklichen Protagonisten ein. Nach und nach demaskiert der Erzähler das Innenleben des Protagonisten. Mehr und mehr erkennt der Leser, dass sich der Protagonist in seinem Leben verloren hat.

„Wenn die Liebe stirbt, bleibt die Sehnsucht. Wenn die Sehnsucht vergeht, steht der Tod vor der Tür."

Opfer:

Die Liebe

Täter:

Die Gleichgültigkeit

Todesursache:

Die Sehnsucht

"Umweg Leben"

Die wahre Geschichte eines Selbstmörders.

Der Seiltänzer in meinem Kopf ruft mir zu:

„Kehre um, es muss auch einen anderen Weg für uns geben"

„Gewidmet allen suchenden

und verlorenen Seelen".

Impressum

Hark Larsen

Kontakt: bestfriendstar@aol.de

Ungekürzte Taschenbuchausgabe

1. Auflage November 2016

© **2016 und Umschlaggestaltung**

Hark Larsen

Herstellung und Verlag:

BoD - Books on Demand, Norderstedt

ISBN 978-3-7412-9823-3

Prolog
Ich
Wie alles begann
Sie
Wir
Unsere Liebe
Licht und Schatten
Stürme
Irrwege
Ängste
Flucht
Reiseengel
Seiltänzer
Verrat
Hoffnung
Verloren
Einbahnstraße
Sterbende Liebe
Wut
Verzweiflung
Gedanken
Wunden
Gewinner und Verlierer
Das Ende
Ihre Sicht
Venedig
Melancholie

Prolog
Ich habe ihn nicht gerufen und dennoch spüre ich ihn unentwegt jeden Tag. Er ist ein fester Begleiter in meinem Leben geworden. Er ist durchtrainiert und verfügt über einen ausgeprägten Sportsgeist. Schon vor längerer Zeit muss er sich für den Hochseilakt entschieden haben. Er ist ehrgeizig und möchte unbedingt sein Ziel erreichen. Er ist ein Kämpfer und gibt niemals auf. Verlieren hatte er nie gelernt, er stand immer auf der Seite der Sieger. Ich spüre, wie er versucht die Balance zu finden und sich auf dem Hochseil zu halten. Die Schwingungen auf seinem Seil werden mit jedem seiner Schritte stärker und stärker. Wie in Trance setzt er einen Fuß vor den anderen. Wenn er nach vorne schaut, kann er das Ziel deutlich erkennen. Immer ist es ihm gelungen, sein Ziel zu erreichen. Der Abgrund unter dem Seil hatte ihn nie geängstigt. Doch heute spürt er den Abgrund, wie er ihn vorher nie wahrgenommen hat.

Wer ist er, der mich fest in seinen Bann gezogen hat?

Wo kommt er her, und was möchte er von mir? Plötzlich verliert er sein Gleichgewicht.

Nahezu körperlich fühle ich seine letzten Gedanken. „Gelebt, geliebt, abgestürzt".

Heute weiß ich, wer er ist.

„Der Seiltänzer in meinem Kopf".

Ich
Heute bin ich fast 60ig Jahre alt und nutze meinen verbliebenen Rest an Energie um mich nach Jahren der Dunkelheit, auf eine Reise durch mein Leben, aufzumachen.

Wer war ich vor dem Beginn meiner Zeitreise?

Damit Sie mich besser kennenlernen können, berichte ich Ihnen gerne von meinem alten Leben, einer verlorenen Zeit, wie ich heute weiß.

Ich wurde in Kanada geboren und bin im Alter von vier Jahren als Scheidungskind nach Berlin gekommen. In den nächsten zwei Jahren war ich Bettnässer und habe erst mit dem Eintritt in die Schulwelt den Verlust meines Vaters und meinen Umzug nach Deutschland langsam, aber sicher überwunden.

Mein Vater ist in Kanada geblieben, ich habe ihn nur noch einmal, im Alter von 13 Jahren, in Berlin wiedergesehen.

Meine Mutter hat dann recht schnell ihre neue und große Liebe in Gestalt eines Musikers gefunden.

Dennoch hat sich meine Mutter letztendlich für einen weniger feinsinnigen Maurer entschieden. Sie liebten sich und sie schlugen sich, sie konnten nicht miteinander, aber auch nicht ohne einander. Wie sie sich über Jahrzehnte hinweg eingeredet hatte, wollte sie aus Sorge um ihre Kinder, ich hatte zu diesem Zeitpunkt schon eine drei Jahre ältere Schwester, anstelle eines brotlosen Künstlers ein gesichertes Einkommen in ihrem Leben wissen.

Ihre Ehe mit meinem Stiefvater hatte bis zu dessen Ableben nahezu 50 Jahre Bestand und mir noch einen elf Jahre jüngeren Halbbruder beschert.

Meine Mutter hatte erst nach dem Tod ihres „gehassten" Ehemanns gemerkt, wie sehr er ihr nun fehlte.

Bis zum Tode ihres nunmehr „geliebten" Ehemanns war sie körperlich und geistig noch in einer guten Verfassung.

Nach dem Tod ihres Mannes setzte bei ihr ein sehr schneller Verfall ein. Heute „vegetiert" sie in einem Pflegeheim vor sich hin und wartet auf ihren erlösenden Tod, um in Liebe und Hass mit ihrem Mann vereint zu werden.

Die Ehe war von einer permanenten Zankerei und Streiterei, auch vor uns Kindern, gekennzeichnet. In meiner gesamten Kindheit habe ich von meiner Mutter nie Liebe und Zärtlichkeit empfangen dürfen. Sie hat in mir ihren ersten und auch treulosen Ehemann gesehen.

Diese Verwerfungen haben mich in meiner Kindheit jedoch nicht belastet.

Als kleiner Tausendsassa mit vielen Freunden - und ab der Pubertät auch Freundinnen - habe ich die fehlende Anerkennung und Liebe meiner Mutter an anderer Stelle, ohne Schaden zu nehmen, kompensiert.

Erst vor meinem Ende wurde mir bewusst, dass ich meine Kindheit über Jahrzehnte in einem schweren Rucksack durch mein Leben getragen habe.

Zum Beginn meiner Zeitreise bin ich 41 Jahre alt, und mit meiner damaligen Ehefrau seit 12 Jahren verheiratet.

Noch ahnte ich nicht, dass mir die Zahl 12 noch einmal schicksalhaft begegnen und ich in den Abgrund meiner Seele eintauchen würde.

Meine erste Ehe ist kinderlos geblieben. Meine damalige Frau ist in sehr jungen Jahren einem pfuschenden Frauenarzt zum Opfer gefallen.

Wir beide hatten uns von Anbeginn an mit unserer Kinderlosigkeit arrangiert und mit den vermeintlichen Vorteilen einer kinderlosen Ehe getröstet. Ich hegte in dieser Zeit, glaube ich zu wissen, keine besondere Sehnsucht nach einem Stammhalter.

Bei meiner Frau hingegen hatte ich immer das Gefühl, dass sie schwer traumatisiert war und das fehlende Mutterglück nie für sich angenommen und verarbeitet hat. Hieraus resultierte in unserer Ehe ein nur sehr wenig ausgeprägtes Sexualleben.

In dieser Zeit war ich beruflich bereits sehr erfolgreich und häufig auf Geschäftsreisen.

Sie dürfen versichert sein, dass ich jede Geschäftsreise in vollen Zügen genossen habe.

Kurzum, ich war vielleicht ein wenig brauchbarer Ehegatte, aber dafür ein umso mehr zufriedener Mann.

Mit meiner Erzählung mache ich mich auf die Suche nach meinem eigenen Ich und der ungeschminkten Wahrheit. Agiere ich aus gekränkter Eitelkeit oder Eifersucht?

Oder führe ich sogar einen persönlichen Rachefeldzug?

Nein, ich handle nur aus zwei Instinkten und einem Motiv heraus. Aus Liebe, Angst und der Wahrheit geschuldet. Weder mit Verstand und auch nicht mit Kalkül. Meinen Verstand nutze ich nur um meine Bilder in Wörter zu kleiden. Ich kämpfe schlichtweg um das, was mir von meinem Leben noch geblieben ist. Viel zu lange habe ich gezögert, nun ist es jedoch an der Zeit, die ungeschminkte Wahrheit zu sagen.

Welche Wahrheit ?

Meine Wahrheit und somit eine nicht immer objektive Sicht auf mein Leben.

Wir schreiben das Jahr „Neun" nach der Wende, und wir stehen schon bald vor dem Beginn des neuen Jahrtausends. Erinnern Sie sich noch an die Tage direkt nach der Wende. An die glücklichen Gesichter der Menschen von hüben und drüben, an deren strahlende Augen und ihren aufrechten Gang, voller Erwartung, in eine gemeinsame und bessere Zukunft gehen zu können.

Als „gelernter" Berliner war ich zu dieser historischen Zeit sehr nah am Puls der Ereignisse, ebenso aber auch die Einwohner meines aktuellen Wohnorts in einer „beschaulichen" Kleinstadt in Niedersachsen.

Diese sturmfesten und erdverwachsenen Niedersachsen wohnen direkt angrenzend an einem neuen Bundesland und haben somit ebenfalls die Wendezeit mit ihren „Schwestern und Brüdern" hautnah erlebt und gespürt.

Neun Jahre nach dem vermeintlich glücklichsten Tag in unserem neuen Deutschland sind die Wünsche und Hoffnungen längst wie ein welkes Blatt mit dem Wind entflogen.

Wo sind sie die blühenden Landschaften, die uns 1990 von Helmut Kohl versprochen wurden?

„Durch eine gemeinsame Anstrengung wird es uns gelingen, Mecklenburg-Vorpommern und Sachsen-Anhalt, Brandenburg, Sachsen und Thüringen schon bald wieder in blühende Landschaften zu verwandeln, in denen es sich zu leben und zu arbeiten lohnt."

Besuchen Sie die Obstblüte in Werder, besuchen Sie unsere Weinberge an der Mosel, besuchen Sie die Heide im Frühling und unternehmen Sie bitte einen Abstecher zur Hopfenblüte nach Dresden.

Überall in unserer neuen und wiedervereinten Heimat werden Sie blühende Landschaften vorfinden. Aber gab es diese blühenden Landschaften „hüben und drüben", nicht bereits schon vor der Wende?

In seiner Euphorie, anlässlich der Wiedervereinigung unserer Schwestern und Brüder, dachte der Kanzler sicherlich nicht an die vielfältige und wunderschöne Natur in unserem Land.

Er meinte mit seinem historischen Gefühlsausbruch vielmehr die wirtschaftliche Entwicklung in unserem neuen und großen Deutschland.

Wurden wir von dem ersten, gesamtdeutschen Kanzler Helmut Kohl mit Vorsatz angelogen?

Wie sieht unsere blühende Wirtschaft heute aus?

Hier werden Sie vermutlich unterschiedlicher Meinung sein und die Historiker werden sich auch noch in fünfzig Jahren in ihrer Bewertung streiten. Die Fakten und im Besonderen die Realitäten lassen mich selbst nicht mehr an „blühende" Landschaften, in Anlehnung an das Versprechen oder die Lüge unseres Altkanzlers, glauben. Der Mittelstand ist nahezu verschwunden und die Schere zwischen Arm und Reich geht kontinuierlich auseinander.

Millionen Landsleute von uns arbeiten täglich und fleißig als Vollbeschäftigte und müssen dennoch, um ihre Familien ernähren zu können, mit Hartz IV „aufstocken". Der Hass, der Neid und die Niedertracht haben uns nach der Anfangseuphorie sehr schnell eingeholt und den einen oder anderen von uns desillusioniert.

Selbst eine einfache Begegnung, geschweige denn ein gegenseitiges Verstehen und behutsames Kennenlernen zwischen uns Schwestern und Brüdern unserer ehemals geteilten Heimat sind längst durch den schweren Mantel der Hoffnungslosigkeit erstickt worden.

Wächst tatsächlich zusammen, was zusammen gehört?

Oder unterliege ich schon hier meinem ersten Irrtum?

Ja, die Liebe setzt sich über jeden Zweifel hinweg.

Aber lassen Sie mich hier nicht vorgreifen, und trauen Sie sich auf eine Achterbahnfahrt der Gefühle.

Viele von uns haben längst resigniert, und es hat sich eine grenzenlose Gleichgültigkeit um uns herum ausgebreitet.

Gehen Sie gemeinsam mit mir auf eine 18 Jahre andauernde Zeitreise und lernen Sie die große Liebe in allen ihren Facetten kennen. Werden wir der wahren Liebe begegnen? Erleben Sie mit mir die Hoffnungen und Träume, aber auch die Ängste und den Verrat an der Liebe. Vor genau 18 Jahren habe ich begonnen diese Erzählung zu schreiben.

Der damalige Titel war selbstverständlich noch ein anderer und von der Anfangseuphorie meines vermeintlichen und neuen Glücks geprägt. Diesen ehemaligen Titel habe ich zwischenzeitlich aus meinem Gedächtnis verdrängt.

In den letzten 18 Jahren hatte ich keine Zeit, diese Erzählung zum Abschluss zu bringen. Ich wusste bereits zum damaligen Zeitpunkt, dass ich meine Geschichte eines Tages mit Leben füllen und bis zum Ende erzählen werde.

Glauben Sie mir bitte, ich hätte gerne noch 20 Jahre mit der Vollendung gewartet.

Oder noch besser:

Hatte ich damals doch nicht bereits eine Vorahnung gehabt und vielleicht auch deshalb meine Geschichte derart lange auf Eis gelegt? Ich erzähle Ihnen diese Geschichte aus meiner Sicht. Trotz oder gerade wegen meiner verletzten Seele versuche ich mich an den Fakten und der Wahrheit orientieren.

Sollten Sie sich, wenn dies auch nur sehr wenige von Ihnen sein werden, in dieser Geschichte selbst sehen, dann gehören Sie zu jenen, die einmal der großen und unsterblichen Liebe begegnen durften.

Da von uns nur sehr wenige einen gültigen Reisepass für eine erfüllte Reise durch ihr Leben haben, sind viele von uns ständig auf der Flucht.

Auf der Flucht vor sich selbst und der Angst, von den ganz großen Gefühlen ihres Lebens enttäuscht zu werden.

Oft suchen wir eher Zuflucht, anstatt die großen Gefühle zu leben und mit allen unseren Sinnen zu erfahren. Einige von uns bleiben ihr Leben lang nur Wanderer auf dem Weg nach nirgendwo. Hungrig und durstig nach dem großen Glück passiert es, dass wir eines Tages erwachen und feststellen müssen, in eine Einbahnstraße unseres Lebens gelaufen zu sein.

Darf unser Leben eine Einbahnstraße sein? Die wahre Liebe, die wir schenken, ist das schönste und ehrlichste Geschenk, das wir anderen geben können.

Oder erwarten Sie immer, wenn Sie etwas verschenken, dass Sie ein Geschenk im gleichen Wert zurückerhalten?

Sie haben aus aufrechter Liebe geschenkt und sich somit auch selbst beschenkt.

Lernen wir zu lieben und erwarten wir bitte niemals geliebt zu werden. Es reicht völlig aus zu lieben um ein erfülltes Leben gelebt zu haben.

Vieles wäre einfacher, wenn wir unsere Erinnerungen einfrieren könnten.

Hoffnung und Traurigkeit vernünftig portioniert, tiefgekühlt und nur bei Bedarf aufgetaut.

Wie alles begann
Meinen damaligen Job als Portfoliomanager hatte ich bereits fünf Jahre durchgehalten. Sie müssen wissen, dass mich berufliche Herausforderungen nach gut fünf Jahren anfangen zu langweilen, denn nach dieser Zeit wird auch der beste Job zur Routine.

Wie Sie ja schon von mir wissen, reizen mich im Besonderen Jobs mit häufigen Reisetätigkeiten.

Kurz entschlossen machte ich mich auf die Suche und fand sehr schnell ein neues Engagement, wenn auch zum ersten Mal in den neuen Bundesländern.

Ich sollte meinen Job in Sachsen Anhalt zum 2. Januar antreten.

Aus Neugier, aber auch um meine Chancen auf weibliche Beute zu erhöhen, bin ich bereits am 10.12. in Sachsen Anhalt eingetroffen.

In meiner neuen Firma konnte ich keinen erreichen, da die Belegschaft in den Betriebsferien war.

Für eine Baufirma ergibt das auch Sinn, da im Winter Bauaktivitäten nur marginal stattfinden. Also musste mein neuer Job als Vermietungs-Manager noch warten.

Durch Zufall bin ich an meinem ersten Abend in der für mich neuen Stadt in der angesagtesten Kneipe gestrandet und musste somit meine erste Nacht im Hotel nicht allein verleben.

Nach dieser tollen Nacht in den Armen und dem Schoß dieser mit besonderen weiblichen Reizen ausgestatteten Frau lohnte sich meine vorgezogene Anreise doppelt, da am Abend des 13.12. die Weihnachtsfeier meines neuen Arbeitgebers stattfand.

Mit großen Erwartungen und einer gewissen Skepsis, immerhin musste ich davon ausgehen, dass ich der einzige Wessi unter Ossis sein würde, habe ich mich in das Haifischbecken begeben und mich meiner eigenen Fleischbeschauung gestellt.

Schon bei meinem Eintritt in die Lokalität habe ich die neugierigen, neutralen, gespannten, offenen, aber auch abschätzenden Blicke meiner neuen Kollegen körperlich gespürt.

In meiner selbstbewussten Art habe ich mich nicht irritieren lassen und vielmehr meinen Fokus auf die weiblichen Kolleginnen ausgerichtet.

Auf den ersten Blick sind mir drei attraktive Damen um die Dreißig ins Auge gefallen.

Vielleicht wäre es besser gewesen, ich hätte meine Augen von den Damen abgewandt und mich mehr auf meine männlichen Kollegen konzentriert.

Nein, es kam wie es kommen sollte und wovon wir ein Leben lang träumen. Auch im Nachhinein betrachtet, ist der 13. Dezember zum hoffnungsvollsten Tag in meinem Leben geworden.

Als Getriebener war ich 41 Jahre auf der Suche gewesen und jetzt wusste ich, dass ich das Gefundene für immer festhalten wollte.

Wir werden gemeinsam erleben, ob es mir gelungen ist.

Mein neuer Arbeitsort ist keine schöne Stadt, sie wird mir jedoch für immer positiv in Erinnerung bleiben. Ich werde noch im Dezember die Stadt, wo für mich meine „sterbliche" Liebe ihren Anfang nahm, besuchen, um meine Eindrücke wiederzubeleben.

Ohne, dass ich es bemerkt hatte, befand ich mich schon auf hoher See und segelte den Törn meines Lebens. Dieser Segeltörn sollte mich an die schönsten Inseln einer großen Liebe führen. Selbstverständlich habe ich auf meiner Fahrt auch mit Flauten und Stürmen gerechnet. Meine Liebe sollte kein Land anlaufen, ich wollte für immer auf der hohen See der Liebe bleiben. Mein Herz war ausreichend mit Liebesproviant gefüllt.

Im Vertrauen auf meine große Liebe, hatte ich keinen Rettunganker mit an Bord genommen.

Dieser Leichtsinn sollte sich später noch als grobe Fahrlässigkeit herausstellen.

Sie
Sie saß mit mehreren Kolleginnen und Kollegen an einem Tisch und fiel mir sofort auf. Sie konnte so herrlich unbekümmert und ehrlich lachen. Ihre schlanke Taille und auch ihre sonstige Erscheinung trieben mich zwanghaft in ihre Nähe.

Heute ist sie 50 Jahre alt und ihre Schönheit und Jugend ist für andere noch immer eine Augenweide. Gerne würde ich Ihnen diese sehr schöne Frau näher beschreiben. Leider habe ich in den letzten Monaten Bilder von ihr im Kopf, die ich lieber nicht hätte sehen wollen und die mir den Blick auf ihre Schönheit verschleiert haben.

Heute sehe ich etwas in ihren Augen, was mir Angst bereitet und was ich nicht aushalten kann. Heute sind es andere Tage und somit auch andere Augen geworden.

Schnell habe ich versucht, mich an der Smalltalk-Runde der neuen Kollegen zu beteiligen.

Zu meiner großen Freude, hatte sich die Kollegin mit dem unbekümmerten Lachen als äußerst freundlich und charmant geoutet. Schon nach sehr kurzer Zeit, führten wir unser Gespräch allein am Tresen fort. Hier hatte ich zum ersten Mal die Chance, ihr in die Augen zu schauen.

Sie hatte die schönsten Augen und den offensten Blick, den ich bei einer Frau je wahrgenommen hatte. Die Augen verrieten eine gewisse Skepsis, aber auch einen Hauch von Neugier und Verletzbarkeit.

Hätte ich ihr doch später noch öfter tief in die Augen geschaut. Heute denke ich, dass sie auf dem Weg ist sich zu verlieren. Sehr schnell konnte ich in Erfahrung bringen, dass sie gerade erst frisch von ihrem Mann getrennt war und eine neue Wohnung bezogen hatte.

Ich habe sie mit Komplimenten und mit all meinem mir zur Verfügung stehenden Charme umgarnt. Gleichzeitig war ich mir aber auch sicher, dass sie meine „Angriffslust" irritierte.

Ich hatte permanent das Gefühl, dass sie unter Zeitdruck stand und richtig: wie sich herausstellte, wollte sie schnell nach Hause, um den Geburtstag ihrer 12-jährigen Tochter für den kommenden Morgen vorzubereiten.

Ein anderer 12. Geburtstag hätte beinahe zu dem abrupten Ende meiner Erzählung geführt.

Also musste ich meine Hoffnung auf einen Hotelzimmerbesuch von ihr noch am ersten Abend aufgeben. Sie blieb nach unzähligen Kaffees bis fast zwei Uhr in der Nacht eine charmante Unterhalterin.

In meinem Übermut habe ich ihr zur Verabschiedung einen Bierdeckel mit einem Heiratsversprechen „untergeschoben".

Und schon verschwand sie in der Nacht und ließ mich mit dem Verlust einer möglichen gemeinsamen Nacht zurück.

Als ich kurze Zeit später, es gab ja keinen Grund mehr für mich, noch länger auf der Weihnachtsfeier zu bleiben, in meinem Hotelzimmer verschwand, ahnte ich bereits, was mit mir geschehen war. Ich bin der großen und einmaligen Liebe meines Lebens begegnet.

41 Jahre habe ich schon gelebt und jetzt spüre ich das erste Mal, mit jeder Faser meines Körpers, die große Sehnsucht nach dieser Frau. Mein erster Arbeitstag in der neuen Firma und damit die Chance, die Liebe meines Lebens wiederzusehen, war erst in drei Wochen. Ich bin am nächsten Morgen trunken vor Glück, in mein noch aktuelles Leben zurückgefahren.

Drei lange Wochen lagen nun vor mir, bis ich meine neu gefundene Liebe wiedersehen konnte. Drei Wochen habe ich Tag und Nacht nur von der Frau meines Lebens träumen können.

Es waren die ungeduldigsten und längsten Wochen meines Lebens.

Ich wusste, ich werde sie in drei Wochen sehen, aber würde sie sich noch an mich erinnern?

Ich hatte keinerlei Plan und konnte mich nur noch in Ungeduld üben. Sehnsüchtig erwartete ich meinen ersten Arbeitstag in der neuen Firma.

Was war nur in mich gefahren und was hatte mich getrieben, einer völlig Unbekannten gegenüber ein Eheversprechen abzugeben? Egal, sie würde es längst vergessen haben oder als plumpen „Anmache"-Versuch eines arroganten Wessis werten.

Je mehr ich darüber nachdachte und in jeder Nacht, in der ich von ihr träumte, war ich mir sicherer, dass ich nichts anderes wollte, als sie tatsächlich zu heiraten und sie für immer festzuhalten.

Ich bin verheiratet und führe ein getriebenes und unstetes Leben.

Bin ich am Scheideweg? höre ich mein inneres Ego fragen. Bist Du dir sicher, und möchtest Du dein unbekümmertes Leben gegen die Zwänge einer unbekannten Liebe eintauschen?

Ja und uneingeschränkt ja!

Keine Sekunde zögerte ich, um zu wissen, dass ich den Weg zum Glück unbedingt gehen wollte.

Vielleicht war mein ständiger Weg auf der Überholspur nur eine Flucht und die Angst vor meinen eigenen Gefühlen. Ich war bereit, meine Reise ins Licht anzutreten, ich hatte meine Sonne gefunden.

Schon jetzt spürte ich in mir die aufflammende Wärme, die von der Unbekannten ausgeht, und die schon jetzt mein Herz in Gefangenschaft genommen hat.

Wird die von mir gewählte Gefangenschaft „lebenslänglich" sein? Habe ich überhaupt den Wunsch, „begnadigt" zu werden?

Ich wurde zu einem Gefangenen meiner Gefühle, wie mir die Zukunft noch zeigen sollte.

Meine „Begnadigung" fand dann nach einem sehr kurzen Prozess durch meine neue Liebe und spätere Ehefrau als Richterin statt. Sie fällte ihr einseitiges und subjektives Urteil, ohne mir als ihrem Angeklagten die faire Chance auf eine Verteidigung einzuräumen, schnell und ohne Gnade.

Von einer Begnadigung kann somit keine Rede sein und „strafverschärfend" kam hinzu, dass ich jegliche Perspektive für meine Zukunft verloren hatte.

Sie fällte ein klassisches Fehlurteil und hat mich, anstatt zu begnadigen, zum Tode verurteilt.

Jetzt fehlte er mir, der von mir leichtsinnigerweise vergessene Rettungsanker.

Damit Sie auch meine gefundene Sonne verstehen, hier gerne eine kurze Zusammenfassung ihres Lebens, vor unserer gemeinsamen Zeit.

Auch sie ist ein Scheidungskind, jedoch noch vor ihrem vierten Lebensjahr. Ich bin mir zwischenzeitlich mehr als sicher, dass es das Schicksal wollte, dass sich unsere Wege kreuzen und wir füreinander bestimmt waren.

Ihre Mutter hat den Fortgang ihres Vaters in sehr jungen Jahren, er hat sich vom Osten in den Westen abgesetzt, nicht verwunden.

Auch sie hatte, wie auch ich, als Kind nie Liebe von ihrer Mutter erfahren, denn auch jene wurde als blutjunge Mutter mit zwei Kleinkindern geschieden.

Für das konkrete Trauma der Mutter - meiner neuen und großen Liebe - gab es ebenso konkrete Verhaltensmuster, auf die ich aus Rücksicht auf ihre Privatsphäre nicht gesondert eingehen möchte.

Sie hat bereits als sehr junge Frau aufgehört zu lieben und blieb fast 50 Jahre allein und einsam.

Nachdem ihre Kinder erwachsen waren und sie alleine lebte, hatte sie zu DDR-Zeiten noch ihre Arbeit als Orientierung, um mit ihrer Einsamkeit umgehen zu können. Kurz vor der Wende verlor sie ihre Arbeitsstelle.

Die Wende selbst, hatte sie nie für sich akzeptiert und von diesem Tage an nur noch in der Vergangenheit und nach ihren alten Wertvorstellungen gelebt und geträumt.

Sie fühlte sich von dem neuen Staat permanent verfolgt und beobachtet.

Ich bin in den ersten Jahren mit meiner Schwiegermutter sehr gut ausgekommen und konnte auch mit ihrer Traumwelt umgehen.

Des Öfteren waren ihre Geschwister von meiner Geduld mit ihr angenehm überrascht.

Zum Schluss hatten ihre Wahnvorstellungen, der vermeintlichen Observierung dazu geführt, dass sie davon überzeugt war, ich hätte versucht, sie zu vergiften.

Dabei hatte sie nichts anderes, als etwas zu viel Schnaps und Sekt getrunken und die am nächsten Tag eingetretenen Kopfschmerzen als Symptome einer Vergiftung gedeutet. Danach hat sie uns nicht mehr an unserem neuen Wohnort besucht, sie wollte den Kontakt mit dem Giftmischer vermeiden.

Unser letzter Kontakt war ihre Beerdigung, was ich persönlich sehr bedauerlich und traurig fand. Meine neue Liebe und spätere Ehefrau hat mir dann zum Schluss pauschal vorgeworfen, dass ich ihre Mutter eh nie leiden konnte.

Nach dem tragischen Tod meiner neuen Schwiegermutter, hinterließ diese ihren Kindern nicht einmal einen Abschiedsbrief. Ob sich ihre Tochter je die Frage nach dem Warum gestellt hat, hat sie mir nie offenbart.

Meine neue Liebe, ist Mutter einer unehelichen Tochter.

Den Erzeuger ihrer Tochter hat meine unsterbliche Liebe nie geheiratet und sich schon als sehr junge Mutter von ihm getrennt.

Später heiratete sie noch zu DDR-Zeiten einen Mitarbeiter der HO und gleichzeitigen Hobby-Musiker. Als ihr Mann nach der Wende als selbstständiger Unternehmer gescheitert war, hat sie die Flucht ergriffen, getreu dem Motto: Neues Glück, neue Chance!

Meine neue und unsterbliche Liebe, ist nicht nur besonders schön, sie ist auch sehr lebensbejahend.

Wir
Mein erster Arbeitstag hatte die übliche Routine für einen „Neuen". Ein Rundgang durch die Firma und das Kennenlernen der Kollegen und der einzelnen Abteilungen. Als sie mich sah, bot sie mir gleich ihre Hilfe in Bezug auf die Beschaffung von Arbeitsmaterialien an.

Ich saß allein in meinem Büro und sie schaute das eine oder andere Mal bei mir vorbei. Handelte sie aus Freundlichkeit gegenüber einem neuen Kollegen oder war es ihre Neugier, die sie stillen wollte? Wie sie mir später anvertraute, spekulierte die Damenwelt in meiner neuen Firma, ob der „Neue" schwul sein könnte.

An meinem ersten Arbeitstag hatte ich ein fliederfarbenes Sakko getragen, im Westen zum damaligen Zeitpunkt eine aktuelle Modefarbe.

Vor 18 Jahren sahen die Arbeitswelt und auch unsere Computerwelt noch völlig anders aus.

Unser gemeinsamer Arbeitsplatz wurde noch von Magnetdisketten beherrscht, auf denen man Nachrichten, Briefe oder sonstige abgespeicherte Mitteilungen seinen Kolleginnen und Kollegen zur Verfügung stellte.

Ich fasste sehr schnell meinen ganzen Mut zusammen, schrieb auf meinem Rechner eine Nachricht für die schönste Frau der Welt und speicherte diese auf einer Magnetdiskette ab. Ich ging dann unverfänglich in ihr Büro und legte ihr die Diskette diskret und heimlich auf den Schreibtisch. Ja, ich gestand ihr anonym, dass ich mich unsterblich in sie verliebt hatte. In den nächsten Tagen und Wochen schrieb ich Ihr unzählige, anonyme Liebesbriefe und ließ viele Blumen an ihre private Adresse liefern. Einen großen Teil meiner Liebesbriefe hat sie aufgehoben, jedoch liegen diese seit vielen Jahren unbeachtet in ihrem Küchenschrank, haben längst Staub angesetzt und befinden sich auf der Reise ins Land des „Vergessens".

In dieser Zeit war ich sicherlich der beste Kunde in dem Blumengeschäft meines Vertrauens. Ein älterer Mitarbeiter hatte das Vergnügen, die vielen Blumen zu liefern und, wie er mir später anvertraut hatte, war er von meiner Beharrlichkeit schlichtweg begeistert.

Selbstverständlich musste ich diskret und vertraulich in meiner Herzenssache agieren. Die Inhaber meiner neuen Firma waren streng katholisch und hätten sicherlich nur sehr wenig Verständnis für eine Liaison zwischen einer frisch getrennten Mutter und einem verheirateten Ehemann aufgebracht.

Endlich hatte sie mich entlarvt und mich direkt angesprochen, ob ich der heimliche Verehrer und der Verfasser der Liebesbriefe und Bote der Blumengrüße sei.

Sie hätten meine Verlegenheit und gleichzeitige Freude sehen sollen!

Unser erstes und heimliches Treffen fand an einem Freitag nach Büroschluss, vor der Rückfahrt in mein noch altes Leben, in einem schlichten Café bei Eiseskälte statt.

Nein, nicht dass Sie denken, die Kälte ginge von uns aus, die Heizung war schlichtweg ausgefallen. Wir haben in dem Cafe viele Stunden über Gott und die Welt gesprochen und die Kälte dabei fast vergessen. Ich hing an ihren Augen und Lippen und konnte nicht genug von ihrer Sinnlichkeit und ihren Worten bekommen. Ich habe sogar den schlechtesten Kaffee, den ich je getrunken habe, für diese besonderen Momente über mich ergehen lassen. Zur Verabschiedung schenkte sie mir ihren ersten Kuss.

Beim Schreiben dieser Zeilen schmecke ich diesen Kuss noch immer, so, als ob die letzten 16 Jahre stehengeblieben wären.

Wir haben uns später, viele Jahre später erneut in einem Café getroffen. Die Kälte, die ich dort erlebte, stand in keinem Zusammenhang mit einer defekten Heizung. Die Kälte kam direkt aus dem Inneren eines Herzens aus Stein.

Voller Glück und Hoffnung habe ich mich auf die Rückfahrt in mein altes Leben aufgemacht und mich bereits auf meinen nächsten Arbeitstag am kommenden Montag gefreut.

Während meiner Rückfahrt fragte ich mich, weshalb ich sie nicht um ein Foto von ihr gebeten hatte.

Zweieinhalb Tage konnte ich keinen klaren Gedanken fassen, da ich mir das fehlende Bild von ihr in den schönsten Farben vor meinem inneren Auge selbst malte.

Jede Sekunde des ersten zarten Kusses von ihr war mir in Erinnerung geblieben.

Ich wünschte, nein ich sehnte mich danach Jean Baptiste Grenouille zu sein.

Ja, der Mädchenmörder aus dem Roman meines Lieblingsschriftstellers Patrick Süskind. Ich fabulierte wie einst der begnadete Schriftsteller und wäre gerne in der Lage gewesen den Körpergeruch,

wie Grenouille es konnte, von meiner neuen Kollegin zu absorbieren und zu konservieren.
Heute nach über 18 Jahren umschmeichelt mich noch immer der Duft von damals, ich habe Angst, dass sich der Duft eines Tages verflüchtigen wird.

Ich versuchte, mich an meine erste Freundin, mein erstes Mal und die vielen Begegnungen mit dem anderen Geschlecht zu erinnern.

Oft hatte ich geglaubt, verliebt zu sein oder auch die eine oder andere Frau zu lieben.

Alles, was ich vorher als Liebe verstanden oder auch gefühlt hatte, war nur ein lauer Sommerwind im Vergleich zu dem Orkan an Gefühlen, der nach dieser erst kurzen Begegnung über mich hereingebrochen war.

Jetzt wusste ich, dass die Zeitdiebe aus der Geschichte „Momo von Michael Ende" wirklich existierten.

Ich selbst war 41 Jahre ein Opfer dieser Zeitdiebe geworden und hatte es bis zum Ausbruch des Orkans nicht einmal bemerkt. Jetzt war es an der Zeit, mir meine verlorene Zeit mit Zins und Zinseszins zurückzuholen.

Unsere Uhren schlugen noch nach der Winterzeit und nicht nach der Sommerzeit. Wäre es doch schon Sommer, so dachte ich, so könnte ich dich eine ganze Stunde früher wiedersehen.

Unsere Liebe
Nach unserem ersten Treffen fanden wir beide sehr schnell den Weg zueinander. Ich schrieb ihr in den nächsten Wochen noch viele Liebesbriefe, sogar noch in den nächsten Jahren. Gegen Ende meines Weges nach nirgendwo, leider auch den einen oder anderen Brief oder SMS zu viel. Schon in meinem dritten Brief bat ich sie, mir ein Kind zu schenken.

Ich habe mein kleines Pendlerappartement recht schnell aufgegeben, schenkte mich ihr mit „Haut und Haaren" und zog in ihre Zwei-Zimmer-Wohnung ein.

Hier durfte ich ihre Tochter kennenlernen und versuchen, mich mit ihr anzufreunden. In den nächsten Jahren habe ich ihre Tochter auf ihrem Weg durch die Pubertät bis hin zu ihrem Erwachsenwerden begleitet. Ich denke, dass wir in den vielen Jahren gut miteinander klargekommen sind. Ehrlich gesagt habe ich sie die ersten Jahre ungewollt geärgert.

Womit, möchten Sie wissen?

An jedem Montag, meinem Anreisetag, in mein neues und noch heimliches Leben, hatte ich ihr ein Plüschtier geschenkt. In den vielen Jahren hatte sich eine stattliche Sammlung angehäuft.

Mittlerweile ist das große Kind längst erwachsen und meine ärgerlichen Geschenke sind auf dem Friedhof der Kuscheltiere gelandet.

Ihr Kind, welches ich über viele Jahre begleitet habe, hat sich später nie meine Seite der Medaille angeschaut und sich nie für meine Wahrheit interessiert. Wie sehr hatte ich mir gewünscht, dass sie ein Gespräch mit mir sucht. Sie hat sich aber nur für die Sicht ihrer Mutter interessiert.

Sie ist längst eine erwachsene Frau und ich hatte gehofft, mir in den vielen Jahren ihr Vertrauen verdient zu haben.

Wir lebten und liebten von Montag bis Freitag. An den Wochenenden musste ich mich noch meinem alten Leben stellen.

Jeder Freitag, an dem ich von ihr Abschied nehmen musste, war für mich mit körperlichen Schmerzen verbunden. Nicht aus Angst, meine Frau Wochenende um Wochenende anzulügen, um ihr gegenüber mein Doppelleben zu verbergen.

Vielmehr resultierten meine Schmerzen aus der grenzenlosen Sehnsucht und der Angst, die wertvolle Zeit mit meiner großen Liebe nicht gemeinsam für unser Glück nutzen zu können. Nach Arbeitsschluss konnten wir nicht schnell genug den Weg in unser Liebesnest finden. Unsere Leidenschaft füreinander war unersättlich.

Jeden Abend hörten wir gemeinsam Musik, tranken Kalifornischen Zinfandel und berauschten uns aneinander.

Noch heute spüre ich ihre zarte Haut aus Samt und Seide und kann ihren Duft mit all meinen Sinnen atmen und spüren.

Niemals zuvor ist mir eine Frau mit derart viel Fraulichkeit begegnet. Sie konnte sich so herrlich fallen lassen.

Unzählige Abende wurden zu langen Nächten.

Waren wir vor Erschöpfung eingeschlafen, wachte ich des Öfteren wieder auf, nur um zu sehen, ob sie noch an meiner Seite lag, und ich habe sie dann stundenlang in ihrem Schlaf beobachtet.

Ja, ich habe diese Frau bedingungslos geliebt! In dieser Zeit entdeckten wir beide unser schauspielerisches Talent und mussten es jeden Tag unter Beweis stellen. Es sollte und es durfte ja niemand von unserer heimlichen Liebe wissen. Wir sind Monat um Monat getrennt zur Arbeit bzw. im Anschluss in unser Liebesnest gefahren.

An unserem Arbeitsplatz haben wir uns bewusst distanziert gegeben.

Nicht das Sie glauben, unsere Liebe fand nur im Bett statt!

Nein, wir haben gemeinsam viel unternommen. Am Abend sind wir oft am Fluss der Stadt unserer großen Liebe spazieren gegangen und haben dort „unser" Stammrestaurant entdeckt.

Im Dezember werde ich anlässlich meines geplanten Besuchs in der Stadt meiner Liebe auch dorthin einen Abstecher machen.

Ich möchte mich an die schönsten Stunden mit meiner sterblichen Liebe erinnern. Wie oft sind wir dort eingekehrt und haben es uns kulinarisch sehr gut gehen lassen. Auch die Weine mundeten uns sehr. Stundenlang unterhielten wir uns dort und glaubten, dass unser Glück ein Leben lang anhalten würde.

Später blieb ich auch häufig an den Wochenenden bei ihr und gaukelte meiner Frau berufliche Termine vor.

Sie setzte mich niemals unter Druck, meine Frau zu verlassen.

Vielleicht war sie sich schon zu diesem Zeitpunkt sicher, dass ich in eine Einbahnstraße gelaufen war. Gerade weil sie mich nicht bedrängte, habe ich sie besonders geliebt und ihr grenzenlos vertraut. Dies war der größte Irrtum in meinem Leben, wie ich noch schmerzhaft lernen sollte.

Sie hatte mich in ihrem Spinnennetz eingefangen.

Wir unternahmen zu dieser Zeit die unterschiedlichsten Aktivitäten.

Die traumhafte Parkanlage in der Geburtsstadt meiner großen Liebe, nutzten wir oft für Spaziergänge und anregende Gespräche.

Auch unsere Abstecher in ein historisches Ausflugslokal der benachbarten Stadt waren immer sehr harmonisch und von unserer tiefen Zuneigung füreinander geprägt. Mit dem einsetzenden Frühling unternahmen wir auch die eine oder andere kleine Motorradtour.

Nur sehr ungern erinnere ich mich an einen Motorradausflug, von unserem Wohnort in Sachsen Anhalt nach Berlin zu meiner Mutter. Auf der Rückfahrt, es war schon dunkel, mussten wir durch einen stürmischen Regen fahren. Die Engländer würden sagen, dass es Katzen und Hunde vom Himmel geregnet hat. Komplett durchnässt und halb erfroren sind wir sicher in unserem Liebesnest angekommen.

Auch werde ich nie unseren Ausflug an einem Wochenende nach Düsseldorf vergessen.

Shoppen, Musical und ein wunderschöner Abend in den vielen Kneipen der Altstadt.

Wir hatten schon bei der Ankunft im Hotel zärtlichen und leidenschaftlichen Sex. Als meine große, neue Liebe unter der Dusche stand, telefonierte ich mit meiner Frau, um ihr von meinem aktuellen Seminar zu berichten.

Einerseits schämte ich mich für meine Lüge und andererseits hatte ich keinerlei schlechtes Gewissen.

Wir lebten unsere frische Liebe jeden Tag mit großer Zärtlichkeit und Fantasie aus.

Ich erinnere ich mich an unsere vielen erotischen Abende und Nächte an einer Hotelbar, in der wir häufig nach Feierabend uns auf einen Absacker einfanden. Auch ist mir der Name des damaligen Barkeepers in Erinnerung geblieben und wie wir mitten in der Nacht ein Zimmer für nur noch drei Stunden bis zum Morgen gebucht haben.

Oft haben wir uns an den Wochenenden in der Nähe meines damaligen Wohnorts getroffen, damit ich für einige Stunden aus meiner Ehe ausbrechen konnte.

Wie Süchtige haben wir in einer benachbarten Spielbank gezockt.

Sehr schön war auch unser Treffen mit ihrer Tochter in einem Ferienort im Harz.

Ihre Große schaute im Hotelzimmer Fernsehen und wir sind wie Verdurstende in dem kleinen Bad, in einen kurzen Rausch der Leidenschaft eingetaucht.

Im Winter liebten wir uns in absoluter Dunkelheit auf einem einsamen Parkplatz im Auto.

Ich glaube, dass ich damals nicht wegen des spannenden Liebesaktes so schnell gekommen bin, sondern dem Unbehagen geschuldet und der bizarren Lokation.

Auch mit ihrer Tochter und ihrer Freundin, mit denen wir gemeinsam stundenlang auf Pilzsuche gingen und dabei schöne und alte Volkslieder sangen, waren wir gerne unterwegs. Mit dem Singen meine ich mehr sie, ihre Tochter und ihre Freundin, da ich selbst völlig unmusikalisch bin.

Sie hatte sich sofort ihrer besten Freundin anvertraut und ihr von unserem Kennenlernen berichtet.

Ich erinnere mich noch an das allererste Treffen mit meiner großen Liebe.

Dieses Treffen fand noch vor unserem Treffen in dem eiskalten Café statt, Sie erinnern sich noch? Wir hatten uns beide beim Griechen zum Essen verabredet. In der freudigen Erwartung, mich zum ersten Mal mit der von mir Angebeteten allein außerhalb der Arbeitsstelle zu treffen, wurde die Verabredung für mich zu einer besonderen Herausforderung.

Sie kam nicht allein zum Treffen, sie hatte ihre Freundin als Anstandsdame im Schlepptau.

Sie können sich meine Überraschung und meine sofort einsetzende Verkrampfung sicherlich vorstellen. Wie ich später von meiner Liebsten erfahren durfte, hatte ihre beste Freundin ihr schon damals von mir abgeraten. Trotzdem haben wir gemeinsam sehr viel mit ihrer Freundin unternommen.

Ich erinnere mich noch sehr gut an unsere gemeinsamen Abende, an denen wir „Musikraten" veranstaltet hatten.

Ein recht einfaches, aber auch gleichzeitig tolles und amüsantes Spiel.

Bis in die frühen Morgenstunden hörten wir Radio und versuchten, dem gehörten Song den entsprechenden Interpreten zuzuordnen. Und immer gelang es zumindest einem von uns, das jeweilige Rätsel zu lösen.

Bei dem Spiel ist es geradezu grausam, wenn Sie den Sänger erkannt haben, aber sich an dessen Namen nicht erinnern können.

In einem „ungeklärten" Fall haben wir sogar des Nachts im Sendestudio des Radiosenders angerufen, um diese Grausamkeit des Unwissens zu beenden.

Sehr schön sollte auch der gemeinsame Konzertbesuch der Gruppe Karat, in einem Freilufttheater in meiner neuen Heimat der Liebe, mit ihrer Freundin werden, auf das ich mich sehr gefreut hatte.

Als gelernter Wessi waren mir alle Hits von Karat, wie z. B. „Über sieben Brücken musst du gehen" oder „Wenn ein Schwan stirbt" bekannt und ich war ein bekennender Fan. Meine Freude kehrte sich jedoch sehr schnell in Verärgerung um. Anstatt der von mir erwarteten Hits, spielten die Männer von Karat Hardrock im Stil von ZZ Top und ich bin mir noch heute sicher, dass die Jungs damals einen über den Durst getrunken hatten.

Nach der Gruppe Karat trat noch die Ikone des Ost-Schlagers - Ute Freudenberg - auf und gab die heimliche Ost Hymne „Jugendliebe" zum Besten. Sicherlich war meine neue und frische Liebe keine „Jugendliebe" und dennoch hatte ich das Gefühl, dass die Künstlerin nur für mich persönlich gesungen hat.

Auch standen wir des Nachts gemeinsam auf dem kleinen Balkon unseres Liebesnestes und zählten Sternschnuppen.

Wie Sie noch erfahren werden, wurde ich von meiner Sternschnuppe betrogen.

Wir trafen uns beide sehr häufig mit ihrer Freundin und trotzdem hat mich ihre Freundin, wie sich noch zeigen wird, verraten.

Unzählige Abende und Nächte verbrachten wir in unserer Stammkneipe, die ich an dieser Stelle nur „Hans" nenne, die immer zum Bersten voll war und von den unterschiedlichsten Typen besucht wurde. Wir hatten einfach nur Spaß und ich hatte sehr bald den Spitznamen „Captain Morgan", in Anlehnung an den leckeren karibischen Rum, vom Wirt verpasst bekommen.

Wenn wir oft erst in den Morgenstunden in unser Liebesnest kamen, ging die Party mit sinnlichem, zärtlichem und auch ungehemmtem Sex weiter, in den wir uns einfach fallen ließen.

Wie oft sind wir zu dieser Zeit dann am Morgen übermüdet zur Arbeit gegangen?

Ich habe es nicht gezählt.

Aus dieser Zeit sind mir zwei Ereignisse besonders in Erinnerung geblieben, die mich in Abständen, die letzten 16 Jahre immer begleitet haben.

Gab es zu diesem Zeitpunkt schon Zeichen oder eine Vorahnung für das, was noch kommen sollte? Ja, wir beide standen gerne im Mittelpunkt und auch hatten wir beide unbändige Lust auf Sex.

Die beiden Ereignisse, haben mich zum ersten Mal in meinem Leben mit dem Thema Eifersucht konfrontiert. Ein Gefühl das mir bis dahin völlig fremd war. Einmal habe ich sie in der Küche der Kneipe sitzend auf dem Schoß des Wirts erwischt, vermutlich nur eine Laune ihrer spontanen Lebenslust oder dem Alkoholkonsum geschuldet.

Vielleicht aber auch ein erstes Zeichen, um ihren wahren Charakter zu erkennen?

Blind vor Liebe habe ich alle Zeichen ignoriert. Sicherlich ist sie eine schöne, attraktive und unterhaltsame Frau, die gerne von anderen umgarnt wird.

An einem anderen Abend, ich kam später in unsere Stammkneipe, traf ich sie in einer mehr als angeregten Unterhaltung mit ihrem Chef an.

Mir brannten sämtliche Sicherungen durch, ebenfalls eine neue Erfahrung für mich, und ich ignorierte sie die nächsten Stunden aus gekränkter Eitelkeit und machte damit meinem Spitznamen alle Ehre. Aus Eifersucht und gekränkter Eitelkeit in Verbindung mit meinem neuen Freund „Captain Morgan" stürzte ich wutentbrannt aus der Kneipe und versuchte, mit dem Auto die Flucht vor meiner neuen Erfahrung zu ergreifen.

Nur am Rande erwähnt, das Auto hat meine Flucht nicht überstanden, und ich selbst war um eine neue Erfahrung, wenn auch mit Schmerzen, reicher.

Ob sie je ein Verhältnis mit ihrem Chef hatte, ist für mich bis heute ein ungelöstes Rätsel geblieben.

Mit meinem heutigen Wissen, hätte ich nicht meine Hand für sie ins Feuer gelegt.

Unsere zärtlichen, liebevollen, erotischen, sinnlichen und leidenschaftlichen Abenteuer sind mir unauslöschlich im Herzen geblieben.

Es war der schönste und ehrlichste Sex, den ich je erleben durfte. Diese Gefühle werde ich niemals mehr erleben. Aktuell versucht meine Frau, diese Zeiten noch einmal zurückzuholen und sie erneut zu erleben. Sollten die Gefühle meiner Frau damals von ehrlicher Zärtlichkeit und Zuneigung geprägt gewesen sein, wird sie merken, dass diese Gefühle auch für sie vielleicht einmalig waren.

Ich habe unsere Liebe in den 16 Jahren unseres gemeinsamen Weges nie verraten.

Egal, wie unsere Zeitreise endet, Sie dürfen versichert sein, dass mir meine große Liebe für den Rest meines Lebens mehr als ein Geschenk war. Ich werde keinen Verrat an meiner Liebe begehen.

Zogen hier schon die ersten Schatten im Paradies auf?

Habe ich die Signale nicht sehen wollen?

Oder war es nur eine Fehlinterpretation meiner Eifersucht?

Vielleicht, wir haben uns jedoch lieber an meinem Wunsch nach einem Kind erinnert.

Wir haben geübt, geübt und nochmals geübt! Sie hat sogar den besten Zeitpunkt für den Eisprung berechnet.

Der Erfolg wollte sich trotz unseres vielen Übens nicht einstellen.

Ergo haben wir uns in einer Kinderwunsch-Praxis vorgestellt und auf die Suche nach den Gründen unserer fruchtlosen Bemühungen gemacht. Bei mir wurde festgestellt, dass mit meiner Zeugungskraft alles in Ordnung war. Meine Frau hatte ja bereits eine Tochter geboren und somit war auch bei ihr alles im grünen Bereich.

Also haben wir weiter ungehemmt geübt und gleichzeitig auf den Kindersegen gehofft.

Auf Dauer blieb unsere Liaison in der Firma kein Geheimnis und in Verbindung mit meiner Alkoholfahrt kam, was kommen musste.

Als Rechnung wurde mir die Kündigung präsentiert.

Die gewonnene Zeit konnte ich nun endlich dafür nutzen, um mein fast einjähriges Doppelleben zu beenden.

Schon seit Monaten hatte ich meiner Frau diskrete Signale gesendet, damit sie mich endlich als verwerflichen Ehebrecher entlarven konnte.

Was ich ihr auch an Beweismaterial zuspielte, sie hat sämtliche Signale ignoriert. Also musste ich die Flucht nach vorne selbst antreten und ihr gegenüber mit offenen Karten spielen.

Ich habe ihr gebeichtet, dass ich mich, wie ich damals glaubte, unsterblich in eine andere Frau verliebt hatte.

Leider hatte ich die Beichte meiner ehemaligen Frau an Silvester offenbart, ein denkbar unglücklicher Zeitpunkt, der bei ihr zu einem Zusammenbruch und einem Klinikaufenthalt führte.

Danach ging unsere Trennung, so gut es eben möglich war, fair und schnell über die Bühne.

Zu einem späteren Zeitpunkt werden Sie mir vorwerfen oder mich fragen wollen, wie ich es wagen kann, mich über das, was ich noch erleben werde, zu beklagen. Habe ich nicht mit Recht eine „Strafe", im Sinne von „Auge um Auge, Zahn um Zahn" durch mein Verhalten in meiner ersten Ehe verdient?

Meine erste und an dieser Stelle beendete Ehe war von beiden Seiten nie durch die große Liebe geprägt, geschweige entstanden. Diese Ehe war als Zweckgemeinschaft aufgebaut und diente beiden Ehepartnern nur als gemeinsame Anlaufstelle, für ein privates Leben abseits unserer jeweiligen Arbeitswelten. Hier haben meine erste Frau und ich immer mit offenen Karten „gespielt". Jetzt war mein Weg frei, um mich unbelastet in meine ersehnte Gefangenschaft zu begeben.

Sehr schnell hatte ich einen neuen Job in einer größeren Universitätsstadt in Niedersachsen gefunden.

Die große Frage aller Fragen war: Kommt sie mit ihrem Kind mit mir mit?

Sie zögerte mit ihrer Entscheidung nicht lange, und wir packten gemeinsam unsere sieben Sachen in Richtung Westen.

In der neuen Stadt angekommen, sahen wir uns sehr schnell nach einem Nest für uns um, jedoch überraschten uns die hohen Mietpreise bzw. Kaufpreise für Eigentum im Vergleich zu Sachsen Anhalt, mehr als unangenehm.

Als Wohnortalternative strandeten wir letztendlich in einer beschaulichen Kleinstadt in der Nähe meiner neuen Arbeitsstelle, einer streng katholischen Enklave in Niedersachsen.

Recht schnell fanden wir eine Reihenhaushälfte in direkter Nähe zum Bahnhof und konnten so unverzüglich weiter an unserem Kinderwunsch arbeiteten.

Hier eine kleine Anekdote am Rande.

Unsere neue Heimat hat mit der Eingemeindung der umliegenden Dörfer immerhin fast 22.000 Einwohner.

Als uns meine Schwiegermutter - aus den neuen Bundesländern - erstmals besuchen wollte, hatten wir ihr empfohlen, sich ein Zugticket für eine direkte Zugverbindung zu buchen. Wir wohnten ja immerhin in direkter Nähe des Bahnhofs und konnten sie sogar zu Fuß abholen.

Wie sich sehr schnell herausstellte, war der Bahnhof bzw. die Bahnstrecke seit Jahrzehnten stillgelegt. Unser neuer Wohnort grenzt direkt an einem neuen der neuen Bundesländer an, und mit dem Mauerbau war unsere Stadt vom Umland abgeschnitten worden.

Somit war die Strecke für die Deutsche Bahn nicht mehr von Interesse.

Meine Angebetete fand recht schnell einen Job beim größten Arbeitgeber der Stadt als Vertriebsassistentin.

Schon sehr bald nach dem Ankommen in der neuen Heimat, hatten wir unseren ersten gemeinsamen und wunderschönen Urlaub mit ihrer Tochter in der Karibik. Leider wurde unsere Große von Typen belästigt, was wir nicht wussten und somit auch nicht verhindern konnten.

Zum Glück kam es nicht zum Äußersten, aber ich glaube, dass „unsere" Große eine lange Zeit brauchte, um das Erlebte zu verarbeiten.

Zu dieser Zeit war unser Glück nahezu perfekt und wir begannen Heiratspläne zu schmieden.

Wir beide waren gut in unseren neuen Jobs angekommen, wenn es auch bei meiner Liebsten die ersten Mobbingangriffe gab.

Unsere Große hatte sehr schnell neue Freunde gefunden und am 1. September, vor nunmehr fast sechzehn Jahren, gaben wir uns das Jawort.

Unser neues, gemeinsames Leben war nahezu perfekt.

Aber es fehlte ja noch immer der gewünschte Nachwuchs. Also machten wir uns nochmals auf die Suche nach einer Kinderwunsch-Praxis auf, und sind in der benachbarten Universitätsstadt endlich in der Obhut von Fachleuten gelandet.

Glauben Sie mir, es ist wenig spannend und keineswegs erotisch, wenn Sie eine Samenprobe abgeben. Leider ist es auch nur Wunschdenken der Männer, wenn sie die helfende Hand einer attraktiven Arzthelferin erwarten.

Ohne Umschweife komme ich daher sofort auf den Punkt. O-Ton der Ärztin:

„Bevor Sie ein Kind zeugen, ist es eher wahrscheinlich, dass Sie einen 6er im Lotto mit Jackpot erzielen".

Wow, ich, der große Lover, zeugungsunfähig! Mir wurde schwarz vor den Augen und meine Knie wurden weich. Ich fühlte mich sofort nur noch als halber Mann und war in meiner Männlichkeit zutiefst gekränkt.

Die Ärztin erklärte mir, dass bei einem großen Teil meiner Spermien die Köpfe fehlen und zusätzlich sind sie sehr langsam. Somit können die Spermien ohne Hilfe das für sie bestimmte Ziel nicht erreichen.

Wie konnte ich mich als Suchtraucher auch beschweren?

Wir konnten die wenigen Guten und Schnellen mit diversen Vitaminen „dopen" und zum gewünschten Ziel bringen.

Unser erster Versuch war sofort von Erfolg gekrönt, wie wir glaubten.

Leider haben wir uns sofort danach in das Getümmel des Weihnachtsmarkts in Erfurt aufgemacht. Der lange Tag, das permanente Stehen und das Geschiebe und Gedränge hatten meine Traumfrau überanstrengt.

Also die ganze Prozedur noch einmal. Und diesmal hatte sich der erhoffte Nachwuchs stabil eingenistet, wie wir damals hofften und glaubten.

Bei der nächsten Ultraschalluntersuchung war ich dabei und die Ärztin hat uns positiv die Entwicklung unseres Nachwuchses aufgezeigt und Mut gemacht. Doch es kam, wie es kommen musste, und war an Dramatik und Ängsten für uns durch nichts zu überbieten.

Es kam zu dramatischen Komplikationen. Der behandelnde Arzt hatte meiner Frau sofortige Bettruhe verordnet. Laut Aussage des Arztes war das Glas für unser werdendes Kind halb voll oder halb leer.

Der Arzt sagte, wenn es unser Kind schafft, wird es ein sehr robustes und kräftiges Kind werden. Er sollte, wie uns die Zukunft gezeigt hat, mit seiner Einschätzung völlig Recht behalten haben. Meine Frau entschied sich für das halb volle Glas und kämpfte wochenlang um unser Kind. In dieser Zeit habe ich meine Frau mehr denn je geliebt und gleichzeitig bewundert.

Ich habe ihr einen Liebesbrief geschrieben und mich für ihre Tapferkeit in dieser schweren Zeit bedankt.

An dieser Stelle eine weitere Anekdote.

Wir beide konnten uns nicht auf einen Namen für unser Kind einigen und sind daher einen Deal eingegangen.

Sollte es ein Junge werden, hatte ich mich für Florian-Harley entschieden. Seit über 30ig Jahren bin ich ein großer Fan der Kult Motoradmarke „Harley-Davidson". Wenn ich unterliegen sollte, hatte sie die freie Wahl.

Nach dem das Schwerste überstanden war, konnten wir der Geburt unseres Kindes, wie wir dachten, ohne Ängste gelassen entgegensehen.

Ein Irrtum, und die weiteren Ereignisse hatten erneut Ängste bei uns ausgelöst. Nachdem alle folgenden Routineuntersuchungen bei meiner Frau im grünen Bereich waren, hat sie sich eine Woche vor dem ausgerechneten Termin die Geburtsstation in unserem Krankenhaus nur zur Information anschauen wollen.

Der übergeordneten Macht sei mein Dank gewiss, die Ärzte haben meine Frau an diesem Besuchstag vorsorglich an den Wehenschreiber angeschlossen und unregelmäßige Herzschläge bei unserem ungeborenen Kind festgestellt. Meine Frau rief mich an und teilte mir nur kurz mit, dass Sie sofort in den OP muss und dieses ohne detaillierte Informationen für mich.

Zum Zeitpunkt des Anrufs war ich geschäftlich in Hannover.

Ich habe für die Fahrstrecke, trotz stetig fließender Tränen, anstatt der üblichen ca. 60 Minuten nur 35 Minuten bis zum Krankenhaus gebraucht. Während der Fahrt habe ich ihren behandelnden Frauenarzt angerufen und auf das Übelste beschimpft, getreu dem Motto, bei der letzten Routineuntersuchung vor wenigen Tagen war doch noch alles in Ordnung.

Während meiner tränenreichen Fahrt zum Krankenhaus war ich mehr als verzweifelt und habe um Hilfe gefleht und auch Gebete in Richtung Himmel geschickt. Es sollte sich alles zum Guten wenden.

In den ersten Jahren hatten wir in meiner Erinnerung nur schöne und harmonische Zeiten als Familie, mag meine Frau dies heute auch anders sehen.

Ich erinnere mich an jeden einzelnen Tag und bin auch nicht bereit, diese Tage, Monate und Jahre zu leugnen.

In unserer kleinen Stadt gibt eine Ferienanlage, die wir mit guten Freunden über mehrere Jahre an den Wochenenden besuchten. Unser Kind und die beiden Kinder unserer Freunde konnten dort ausgelassen toben und wir Eltern genossen diese kinderfreie Zeit. Selbstverständlich, tollten wir auch gemeinsam mit unseren Kindern ausgelassen herum. Unzählige Male spielte ich mit meiner damals noch sehr kleinen Tochter und unseren Freunden Fußball.

Wie Sie noch erfahren werden, waren somit unsere Wochenendausflüge die Geburtsstätte der fußballerischen Karriere meiner Tochter.

Unsere Wochenend-Freundschaft zerbrach leider, zu den Gründen müssen Sie meine Frau befragen.

Nur als Information von mir, hier hatte sie in Abweichung zu dem, was noch kommt, eine gute Freundin enttäuscht.

Gerne erinnere ich mich auch an ein Ereignis, das nunmehr bereits fast elf Jahre zurückliegt.

Wir wollten am nächsten Tag in den Urlaub fliegen und in der Nacht zuvor schlief ich sehr unruhig.

Meine Frau sagte, ich solle noch schlafen, wir hätten noch ausreichend Zeit bis zum Aufstehen. Ich weckte meine Frau kurz danach und teilte ihr mit, dass ich einen Herzinfarkt hätte.

Meine Frau wollte weiterschlafen und bat mich, nicht solchen Blödsinn zu reden. Ich stand dann selbst auf und wollte den Rettungswagen rufen. Zu diesem Zeitpunkt machte sich meine Frau dann doch Sorgen um mich und sah nach mir.

Weshalb ich mich gerne an meinen Infarkt erinnere möchten Sie wissen? Wir wohnten damals nur 500 Meter vom Krankenhaus entfernt und durch diesen glücklichen Umstand habe ich den Herzinfarkt überlebt.

Die Reha habe ich ganz in der Nähe in einer Klinik im Harz absolviert, und meine Frau und kleine Tochter kamen mich an den Wochenenden besuchen. Auch hier kann ich mich nur an schöne Stunden und unsere gemeinsamen Besuche im Schwimmbad der Klinik erinnern.

Zwei oder drei Jahre später war ich infolge des Infarkts zur Kur in der Nähe von Freiburg, auch hier hat mich meine Frau und kleine Tochter, trotz der großen Entfernung, besucht.

Meine Frau mag mir verzeihen, aber auch hier erinnere ich mich an einen schönen und harmonischen Besuch.

In der Zukunft habe ich weit dramatischere Krankheitsmomente erlebt, hier kann ich mich jedoch nicht an harmonische und schöne Stunden erinnern.

Zu diesem Zeitpunkt hatte mich meine Frau schon zur „Persona non grata" erklärt und wie die Pest gemieden.

Licht und Schatten
Als ich mit ihrer Tochter im Krankenhaus ankam, lag meine Frau noch im Aufwachzimmer und ich durfte meine Tochter, ein Millennium Kind, sofort im Arm halten. Dieser einzigartige Moment ist tief in meinem Herzen in den wunderschönsten Bildern verankert, und diese Bilder sind nicht mit Worten zu beschreiben.

Nachdem ich meine große Liebe gefunden hatte, war jetzt für mich das Glück perfekt. Nur so viel, den Namen meiner Tochter durfte nach meiner verlorenen Wette meine Frau bestimmen. Nachdem wir diese Stürme und Orkane bei der Entwicklung und der Geburt unseres Kindes überstanden hatten, war ich mir mehr als sicher, dass uns unsere Liebe auf immer vereinen würde.

Ich habe nach dieser schweren Zeit fest an das Schicksal und die Liebe meiner Frau geglaubt, ich habe ihr grenzenlos vertraut.

Ein großer Irrtum meinerseits, wie sich noch herausstellen sollte.

Mitunter reicht ein lauer Wind als Argument, um die Flucht zu ergreifen.

Nach allen Wirrungen und Ängsten um mein Kind, die ich ausgestanden hatte, wurde mir mein Kind, vom dem ich immer nur heimlich geträumt hatte, zum Wichtigsten in meinem Leben.

Meine Frau hat mir mein Kind mit Vorsatz und bösartig geraubt. Hätte ich mich an den Leitspruch von Lenin „Vertrauen ist gut, Kontrolle ist besser" erinnert und zu Beginn unserer „großen Liebe" nicht die ersten Zeichen übersehen, hätte ich vielleicht eine Zukunft gehabt.

Mein Kind hätte auch auf einem anderen Weg zu mir gefunden.

Wir hatten mit unserem kleinen Spatz eine wunderschöne und harmonische Zeit gehabt.

Wir waren, wie alle Eltern dieser Welt, mächtig stolz auf unsere Kleine.

Unser Spatz hat sich sehr schnell entwickelt und blieb bis zum heutigen Tage von Krankheiten verschont.

Wie sagte der Arzt damals:

„Wenn ihr Kind es schafft, wird es sehr robust werden!"

Das Schicksal hatte es erneut sehr gut mit uns gemeint. Ich erinnere mich jeden Tag und auch beim Schreiben dieser Zeilen mit großer Freude an die vielen schönen und glücklichen Momente, die wir gemeinsam als kleine Familie erlebten.

In meinen Schreibpausen besuche ich spontan jene Orte, an denen ich mit unserem noch sehr kleinen Kind und meiner Frau in glücklicheren Zeiten waren. Es gibt viele Orte, die ich jetzt allein noch einmal besuche.

Gerne möchte ich mit Ihnen, einige unserer besonderen und glücklichen Momente teilen.

Besonders schön war unser erster gemeinsamer Urlaub mit unserer Kleinen in Griechenland, unsere kleine Tochter war gerade erst ein gutes halbes Jahr alt.

Das Bild, wie unser kleiner Spatz im Flugzeug in einem Transportkorb vor uns an der Wand hing, lässt mich noch heute schmunzeln. Es war gleichzeitig ein Bild von Geborgenheit und Sicherheit und auch ein wenig skurril.

Vor dem Zubettgehen hat sich unsere Kleine fast jeden Abend ihr erstes Liederbuch geschnappt, und da sie noch nicht des Sprechens mächtig war, mit ihrem Finger auf das von ihr gewünschte Lied getippt. Nach nunmehr über elf Jahren bin ich mir immer noch sicher, jedes einzelne Lied auswendig „singen" zu können.

Vor wenigen Tagen hat meine Tochter ihren zwölften Geburtstag gefeiert, ein sehr schmerzhafter Geburtstag für mich.

Nur so viel vorab, dieser Geburtstag wäre fast das Ende noch vor dem Beginn meiner Erzählung geworden. Mit ihren zwölf Jahren ist meine Tochter bereits zu einer treuen, ehrlichen und loyalen kleinen Persönlichkeit herangereift. Dieser 12. Geburtstag sollte noch besondere Folgen für mich haben.

Vor einigen Jahren hatten wir unserer Tochter versprochen, dass wir ihr zum 12. Geburtstag die komplette 1. Etage unseres Hauses als ihr eigenes Reich überlassen werden.

Wir beide haben unser Versprechen gebrochen.

Sie werden noch erfahren, dass ich niemals die Absicht hatte, meinen Anteil an dem Versprechen zu brechen.

Knapp vier Wochen vor ihrem Geburtstag habe ich unser gemeinsames Heim verlassen. In meiner neuen Wohnung hatte ich ihr bereits pünktlich zu ihrem Geburtstag ein Zimmer nach ihren Wünschen eingerichtet.

Somit wurde unser Versprechen nur von einem Teil von uns gebrochen.

Die große Tragik liegt darin, dass das Zimmer in meiner Wohnung von meiner Tochter nur sehr selten bewohnt wird.

Das dritte Wort, das unsere Tochter sprechen konnte, war Ball.

Sie haben ja völlig Recht, wenn Sie mir sagen, dass es bei vielen Kindern ebenso ist.

Meine 12-jährige Tochter spielt nicht nur gut Tennis, sie spielt nunmehr seit fünf Jahren Fußball, konstant auf einem hohen Niveau.

Kennen Sie außer meiner knapp 12-jährigen Tochter ein anderes gleichaltriges Mädchen, das den Fußball 360-mal in der Luft halten bzw. jonglieren kann, ohne dass der Ball den Boden berührt?

Ich glaube, hier als Vater mit meinen Genen Einfluss genommen zu haben.

Wie Sie noch später erfahren werden, führte ich in den letzten Monaten sehr viele Gespräche mit Therapeuten und konnte dadurch auch sehr viel über meine Tochter erfahren, was ich vorher so nicht gesehen hatte. Meine größte Angst ist es, dass meine Tochter durch den Einfluss meiner Frau verlernt zu lieben oder erst gar keine Chance erhält, aufrichtig lieben zu lernen.

Nachdem ich mich mit den Psychologen über die Entwicklung meiner Tochter sehr lange unterhalten hatte, konnten sie mir die größten Ängste nehmen.

Sicherlich prägt der „Umgang" eines Kindes auch dessen Persönlichkeit.

Auch wenn mir, meine Frau die Chance einer positiven Einflussnahme auf mein Kinde für die nächsten Jahre genommen hat, wird mein Kind ihren heute mit zwölf Jahren bereits entwickelten Charakter, trotz der Instrumentalisierung durch meine Frau,

nicht mehr wesentlich verändern. Mein Kind wird aufrecht und ohne Lügen seinen eigenen Weg finden und gehen.

Ich bin mir auch sehr sicher, wenn mein „Fleisch und Blut" die „Geschichte" ihres Vaters zu einem späteren Zeitpunkt verarbeitet und verstanden hat, dass sie ihre große Liebe finden und diese niemals verraten wird.

Was diese Gespräche in Bezug auf meine immer noch große Liebe und mich selbst ans Tageslicht gebracht haben, werden wir noch gesondert beleuchten.

Als meine Tochter wenige Monate alt war, machten wir mit ihr einen Spaziergang um den See der Universitätsstadt. Wir Eltern gönnten uns danach beide ein Eis.

Meine Frau wollte unsere Kleine nur einmal am Eis schlecken lassen. Sie war der Meinung, dass „Mehr" für sie zu kalt wäre. Hier hatte meine Frau die Rechnung ohne meine Tochter gemacht.

Sie verteidigte das Eis wie eine Löwin und verdrückte das komplette Eis. Noch heute isst mein Kind nahezu täglich ein bis drei Eis, egal ob es Sommer oder Winter ist.

In meinen Schreibpausen besuche ich die Orte aus glücklicheren Zeiten. Erst heute Morgen war ich an unserem Kiessee, obwohl es Ende November mit klassischem Novemberwetter ist. Trotz der nassen Novemberkälte ist mein Herz durch die Erinnerung mit wohliger Wärme erfüllt gewesen.

Ich könnte Ihnen noch Hunderte dieser glücklichen Momente aufzählen, da wir aber gemeinsam in unserer Zeitreise noch viele Stationen vor uns haben, müssen wir uns beeilen.

In dieser Zeit, in etwa bis zum fünften Lebensjahr meiner Tochter, konnte ich es beruflich so einrichten, dass ich immer in der Nähe meiner Familie war und viel Zeit mit ihr verbringen konnte.

Dies sollte sich jedoch sehr schnell ändern, und ich bin mir sehr sicher, dass mir meine Sternschnuppe damals mehr als einen Streich gespielt hat.

Wenn ich im Dezember einen Abstecher, in Erinnerung an unsere liebevolle und glückliche Zeit nach Sachsen Anhalt unternehme, werde ich mich an diese Zeit mit Wehmut erinnern und sämtliche Bilder für mich auffrischen.

Ich werde aber auch unser altes Liebesnest aufsuchen und von der Straße aus meinen Blick auf den Balkon richten und meine Sternschnuppe fragen, weshalb sie mich in die Irre geführt und mir meinen Wunsch nicht erfüllt hat.

In den 16 Jahren hatte ich noch zwei weitere Sternschuppen gesehen und auch bei diesen Begegnungen hatte ich jeweils den gleichen Wunsch. Diese Wünsche, sagt der Volksmund, muss man für sich behalten, da sie ansonsten nicht erfüllt werden. Ich habe meine Wünsche niemals verraten.

Wollten meine Sternschnuppen vielleicht verhindern, dass ich aus meinem Traum zu schnell aufwache?

Wollten sie mir, wenn meine Liebe am Ende auch verhungert ist, eine große Portion Glück für eine möglichst lange Zeit schenken? Heute denke ich, dass der Himmel keine Günstlinge kennt.

Langsam bemerkte ich die aufziehenden Wolken und die Schatten fingen an, meinen weiteren Weg zu begleiten.

Mein Schicksal war von Anbeginn meines Lebens bestimmt, ich sollte meine kleine Familie suchen und finden.

Ja, nach einer sehr langen Suche hatte ich sie dann auch endlich gefunden. Mein Schicksal hatte aber niemals von mir verlangt, dass ich sie wieder verlieren soll. Wenn man dem Irrglauben unterliegt und meint, ein Feuer wäre erloschen, steigt manchmal aus der Glut ein Zeichen der Hoffnung und des Neubeginns auf.

Wir sollten vielmehr lernen, jeden Tag so zu beginnen, als wäre er der Erste, und jeden Tag so zu beenden, als wäre er der Letzte.

Wenn ich mich auf dem Weg in der Einbahnstraße nach nirgendwo verliere, möchte ich geliebt und nicht gehasst haben.

Wir sind noch lange nicht am Ende meiner Reise angekommen, erlauben Sie mir bitte, Ihnen an dieser Stelle einen Ratschlag für Ihren eigenen Weg zu geben.

Sie haben ihre große und unsterbliche Liebe gefunden?

Passen Sie bitte auf dieses besondere Glück auf und hegen und pflegen Sie dieses nur einmal in ihrem Leben stattfindende und einmalige Erlebnis.

Stürme

Nach den anfänglich sehr glücklichen Jahren schlichen sich nach und nach Schatten auf unsere Seelen. Die Anlässe hierfür hatten bei einer oberflächlichen Betrachtung, immer aus der Sicht des jeweils betroffenen Protagonisten, eine logische Erklärung und als Einzelfall in der Regel keine signifikanten Auswirkungen, wie der jeweils von uns betroffene Akteur vermeintlich glaubte zu wissen.

Wir beide haben neben unseren Dickköpfen auch den Hang, die Meinung des anderen nicht zu akzeptieren und die Realitäten zu ignorieren.

Mitunter fehlte uns beiden das Talent oder die Sensibilität, die Auswirkungen unseres Handelns zu reflektieren.

In der Regel, haben wir Probleme eher ignoriert oder verdrängt.

Wir beide waren Meister auf dem Gebiet, dem anderen nicht zuzuhören oder zu versuchen, dessen Standpunkt zu verstehen.

Mit der Zeit hatten wir uns zu Spezialisten im „Biegen" der jeweils gewünschten Wahrheit entwickelt.

Jeder für sich meinte, die Weisheit gepachtet zu haben. Unsere ersten Streitereien kennen Sie selbst, wenn Sie in einer längeren Partnerschaft oder Ehe leben oder gefangen sind. Es handelt sich immer erst um kleine Anlässe. Sie haben sich kennen und lieben gelernt mit ihren jeweiligen, über die Jahre erlernten Handlungsmustern, die Sie schon seit ihrer Kindheit begleiten und mit den Jahren ihr Verhalten und ihren Charakter geprägt haben. Einfach gesagt, Sie haben in Ihre Beziehung ihre „Macken", oder netter formuliert, ihre persönliche Note eingebracht.

Sobald unsere anfänglich sehr große Leidenschaft für den anderen in den Status der Liebe und des Alltags übergegangen ist, meint der eine oder andere von uns, seinen Partner umerziehen zu müssen.

Gerne gebe ich Ihnen als Mahnung einige der kleinen Beispiele zum Besten.

Ach, Sie ertappen sich hier selbst?

…mach den Wasserhahn zu und lass das Wasser nicht solange laufen,

…lass die Kühlschranktür nicht solange offen,

…mach den Toilettendeckel runter,

…du sollst doch deine Kippen nicht in den Mülleimer werfen,

…schalte das Licht aus.

Nur Kleinigkeiten, aber wenn Sie diese mehr als über tausendmal in ihrer Beziehung gehört haben, sind Sie eines Tages zermürbt.

Bleiben Sie sensibel und achten Sie auf die kleinen Zeichen der Veränderungen bei ihrem Partner.

Auch Kleinigkeiten müssen ernst genommen, besprochen und ausgeräumt werden. Viele Kleinigkeiten wachsen sich ansonsten zu einem Problem aus.

Neben den Kleinigkeiten gab es aber auch Anlässe, die die Schatten nach und nach größer werden ließen.

Bevor unsere Kleine geboren wurde, stand meine große Liebe immer mit beiden Beinen und mit viel Engagement im Berufsleben.

Als sie nach der Geburt unserer Tochter in ihren Job als Vertriebsassistentin zurückkehren wollte, wurde ihr kein adäquater Teilzeitjob angeboten.

Sie war es auch nach der Geburt ihrer großen Tochter immer gewohnt gewesen, in Vollzeit zu arbeiten.

Von diesem Tag an konnte ich von Monat zu Monat und von Jahr zu Jahr mehr ihre Unzufriedenheit in ihrer ausschließlichen Mutterrolle wahrnehmen. Sicherlich sprach ich das Thema des Öfteren an, aber die Diskussionen hatten immer das gleiche Ergebnis.

„… im Westen gibt es keine Kitaplätze mit verträglichen Öffnungszeiten für Teilzeitkräfte,

… in unserem Kaff gibt es keine Jobs …"

Ich mache mir noch jetzt beim Schreiben Vorwürfe, dass ich ihre Unzufriedenheit nicht ernster genommen habe.

Aber um auch ehrlich zu bleiben, ich hätte keinen Lösungsvorschlag gehabt.

Wer gerne im Berufsleben stand und als wertvoll und wertgeschätzt in Beruf wahrgenommen wurde, dem fehlt selbstverständlich die gewünschte Anerkennung.

Und wenn dann zusätzlich die Mutterrolle vom eigenen Ehemann als selbstverständlich gesehen wird und dieser die fehlende Anerkennung vermissen lässt, dann ist schnell aus dem Frust – und so war es auch bei meiner Frau – ein großes Problem erwachsen, unter dem auch der Partner zu leiden hat.

Meine Frau tauschte sich über Jahre nur mit einer Freundin, die auch ein Kind im gleichen Alter hatte und die sie als Zimmernachbarin in der Geburtsklinik kennengelernt hatte, aus. Somit fehlten ihr über Jahre die sozialen, spannenden und wichtigen Momente aus einem erfüllten Berufsleben.

Ja, auch mich holten dann die Auswirkungen ihres Frustes in massiver Form ein.

Als sich ihr später die Gelegenheit geboten hatte, „sozialen" Anschluss zu finden, war ihr Ausbruch umso exzessiver.

Heute habe ich das Gefühl, dass sie mich zum Sündenbock für ihre vermeintlich verlorene Zeit machen möchte.

Irrwege

In unserer Beziehung und Ehe hatte ich viele Kardinalfehler begangen, die ich viel zu spät als solche verstanden und eingesehen hatte.

Mit der Geburt unserer Tochter war unsere Doppelhaushälfte zu klein geworden. Wir machten uns auf den Weg und sahen uns nach einem größeren Haus um. Ich hatte hier eher an ein Haus in idyllischer Ruhe gedacht, zum einen für ein Kleinkind geeignet und zum anderen sind die Kaufpreise in ländlichen Bereichen preiswerter.

Das erste Objekt hatte meine Frau Kategorisch abgelehnt, selbstverständlich habe ich hier den Beleidigten zum Besten gegeben. Bei dem zweiten Haus war sie auch nicht unbedingt begeistert, obwohl Bekannte in der gleichen Straße wohnten und das Haus nur sechs Kilometer vom Zentrum unserer kleinen Stadt entfernt war.

Das Haus wird noch eine bedeutende und schicksalhafte Rolle in meiner Erzählung spielen.

Ein großer Fehler meinerseits war es, ohne mir die Rückendeckung meiner Frau einzuholen, dass ich mich in einer einsamen Entscheidung als Unternehmensberater selbstständig machte.

Meine einsame Fehlentscheidung ging nur knapp eineinhalb Jahre gut und kostete uns sehr viel Geld. Schon aus diesem Grund stand ich unter Druck, viel Geld verdienen zu müssen, um den von mir angerichteten Schaden in absehbarer Zeit zu korrigieren. Hier war ich auf einem guten Weg, meine Frau räumte mir aber leider nicht mehr die Zeit ein, die ich gebraucht hätte, um meinen Fehler zu korrigieren. Schnell musste ich einen neuen Job finden.

Aufgrund meiner Eskapade konnte ich mir den Arbeitsort nicht frei wählen.

Entscheidend für mich war in erster Linie das wirtschaftliche Einkommen.

Also musste ich die letzten fünf Jahre eine Pendler-Wochenendehe führen.

Der monetäre Druck, der auf mir lastete, hatte in Verbindung mit meiner Pendlertätigkeit die Schatten auf meiner Seele noch verstärkt.

Als die ersten Schatten aufgezogen waren, habe ich es versäumt, mich mit meiner Frau sachlich und in intensiven Gesprächen auszutauschen.

Mein größter Fehler war, dass ich die Leistung meiner Frau als -mehr oder weniger- Alleinerziehende, in den letzten fünf Jahren nicht entsprechend gewürdigt und als selbstverständlich betrachtet hatte.

Gedanken und Ängste
In den letzten Jahren meiner großen Liebe war es sehr häufig dunkel um mich geworden. Unzählige Schatten und böse Geister versuchten des Nachts, von meiner Seele Besitz zu ergreifen. In der einen oder anderen Nacht ist es ihnen auch gelungen. Mein mit Liebe erfülltes Herz konnten Sie jedoch nie erstürmen. Es ist mir immer rechtzeitig gelungen, das Licht der Hoffnung in meinem Herzen zu entzünden und die Schatten und Geister zu vertreiben – zumindest wiegte ich mich in diesem Glauben.

Doch ohne dass ich es bemerkte, hatten die Geister schon längst Besitz von mir ergriffen. In den letzten Monaten unterlag ich manchmal dem Trugschluss, der Himmel am Horizont würde für mich heller werden. Finde ich zu meiner alten Kraft zurück oder unterliege ich meinem Selbstbetrug?

Allmählich merke ich, dass ich den aufrechten Gang verlerne und eher durch mein Leben krieche.

Bis zu unserem letzten Familienurlaub im August, auf den Tag genau vor fast zwei Jahren, so glaubte ich damals, obschon doch die ersten Schatten auf unseren Seelen lagen, befand ich mich beinahe ausschließlich auf der Sonnenseite des Lebens.

Ich stelle fest, dass mein Schutzmantel von Tag zu Tag, aber besonders nachts immer durchlässiger für die Geister wird, die ich nie gerufen hatte.

Wird es mir gelingen jene Geister zu besiegen? Oder werde ich mich ihnen kampflos ergeben?

Ich brauche die Wärme und das Licht der Sonne. Bis zu meinem letzten Atemzug werde ich um meine Sonne kämpfen.

Sollte ich diesen Kampf verlieren, werde ich verglühen wie Ikarus. Ikarus wurde von seinem Vater Dädalus gewarnt, sich der Sonne nicht zu sehr zu nähern. Er hörte jedoch nicht auf die Warnung seines Vaters und stieg übermütig höher und höher, der Sonne entgegen.

Auch ich habe mich meiner Sonne mehr und mehr genähert, jedoch nicht aus Übermut, sondern aus bedingungsloser Liebe. Mich hatte niemand vor den Gefahren dieser Liebe gewarnt.

Ängstlich und zitternd kauere ich in der dunkelsten Ecke meines Zimmers.
Verstohlen werfe ich einen Blick auf mein Leben.
Ich habe Angst, von meinen Gefühlen in Geiselhaft genommen zu werden. Dieser kurze Blick reicht aus und schon rasen Bilder im Zeitraffertempo an meinen Augen vorbei, *„Mutter, Vater, Schwester, Bruder, Schule, Beruf, Hochzeit, Tochter, Verrat, Lügen, Betrug, Enttäuschungen,*

Zweifel, Wut, Hass, Hoffnungslosigkeit".
Die Ängste werden unerträglich und ich wende meinen Blick von meinem Leben ab.
Ich bin mir sicher, dass meine Gefühle eine Gefangenschaft nicht überleben werden.
In meiner panischen Angst suche ich Trost bei meinen Freunden.

Wahllos nehme ich einen Freund aus meinem Bücherregal und beginne zu lesen.
Nach nur wenigen Seiten bleibt mein Blick gebannt bei einer Zeile stehen.
Der nur kurzen Zeile, „Die Gedanken sind frei". Immer und immer wieder lese ich diese Zeile.
Ich beginne zu verstehen. Sollten meine Gefühle in Gefangenschaft geraten, so bleiben meine Gedanken jedoch frei.
Behutsam lege ich meinen Freund zurück in das Bücherregal und stelle dabei fest, dass mein Zittern nachgelassen hat.
Ich fasse all meinen verbliebenen Mut zusammen und werfe diesmal mit Vorsatz einen erneuten Blick auf mein Leben.

Erneut rasen die Bilder vor meinen Augen, *„Mutter, Vater, Schwester, Bruder, Schule, Beruf, Hochzeit, Tochter, Verliebtheit, Liebe, Glück, Freude, Spaß, Vertrauen, Anerkennung, Geborgenheit, Ehrlichkeit".*
Und plötzlich steigt sie auf, höher und höher und je höher sie steigt, umso kleiner wird sie, bis ich sie nicht mehr sehen kann.
„Meine Angst"!

Ein Trugschluss, Verdrängung, Selbstbetrug, Feigheit oder nur ein Alibi?

Auch erinnere mich an meine kurze Reise, nach meiner Trennung, an Ostern nach Florenz. Ich habe den Ostersonntag in einer ausgelassenen Stimmung erlebt.

Eine magische Hand, hat mich durch die Gassen von Florenz geführt. Sie hat mir alle meine Lieblingsorte von ihren schönsten Seiten gezeigt.

Das Vivoli, mein mir in vielen Jahren ans Herz gewachsene Eiscafé.

Die Villa la Pietra, den Palazzo Rucellai, die Orsanmichele, das Teatro Comunale di Firenze, die Piazza Santo Spirito, die Santa Maria Novella, San Marco, den Palazzo Strozzi und die Kathedrale von Florenz. Rastlos zog mich die Hand von einem Ort zu dem anderen. Auch die mir wohlbekannte David Statue von Michelangelo hat die Hand auf ihrer Besichtigungstour nicht ausgelassen.

Mittlerweile ist es Abend geworden und ich beobachte von meiner Terrasse aus, wie die Sonne hinter dem Olivenhain untergeht. Versonnen schaue ich mit meinem Seiltänzer in meinem Kopf der untergehenden Sonne nach.

Nein, denken wir, so einfach lässt sich die Vergangenheit nicht loslassen. Weshalb auch? Sie ist und bleibt ein Teil von uns. Die Vergangenheit zu ignorieren bedeutet, unser Leben zu leugnen.

Wir leben dieses Leben. Um ein neues und anderes Leben zu wollen, reicht es nicht aus, die Vergangenheit zu leugnen.

Um ein neues Leben zu beginnen, müssen wir erst sterben.

Flucht
In den letzten Jahren haben wir mehr und mehr, wegen Kleinigkeiten gestritten. Meine Frau, wie sie noch immer meint, war niemals der Auslöser für einen Streit. Auch wenn sich meine Frau, nennen wir es vorsichtig, einmal geirrt haben sollte, hatte sie nie die Fähigkeit oder Einsicht, sich zu entschuldigen.

Nach vielen Jahren der „Nichtbeschäftigung" im Berufsleben und der daraus resultierenden Unzufriedenheit hatte meine Frau vor gut zwei Jahren endlich den von ihr ersehnten neuen Einstieg in die Arbeitswelt gefunden. Als gelernte Erzieherin hat sie halbtags eine Anstellung an einer unserer Schulen erhalten. Wenn meine Frau etwas gerne macht, dann macht sie es nicht nur mit Engagement, sondern auch mit viel Herzblut.

Auch wenn ein Ehrenamt wie z. B. Elternvertreterin oder Ähnliches zu vergeben ist, steht meine Frau immer in der ersten Reihe.

Zusätzlich engagiert sie sich auch noch stundenweise für lernbehinderte Kinder.

Den ersten Schritt hatte sie geschafft und bekam endlich die Anerkennung, die ihr vorher fast zehn Jahre „nur" als Mutter und Hausfrau fehlte.

Der nächste Schritt sollte aber kurz danach weitreichende Folgen nach sich ziehen. Meine Frau kannte ich nun schon über 14 Jahre als mehr oder weniger unpolitische Persönlichkeit. Wie auch immer, sie hat mir nie gesagt, wie sie dazu kam, ist sie dann über eine der Volksparteien „gestolpert". Selbstverständlich habe ich ihren Eintritt in die Partei befürwortet, da ich selbst seit fast 40 Jahren ein Fan und Wähler dieser bzw. ihrer Partei bin.

Nach nur wenigen Wochen als neues Parteimitglied, hatte meine Frau für die anstehende Kommunalwahl zum Ende 2011, einen Listenplatz ihrer Partei „ergattert". Wie auch immer ihr dieses gelungen sein mag, es ist mir bis heute ein weiteres Rätsel geblieben.

Heute, ist sie seit über einem Jahr als Vertreterin ihrer Partei als Stadträtin im Rat unserer Stadt aktiv.

Es ist ihr immerhin gelungen, bei der Gemeindewahl 0,19 % der abgegebenen Stimmen auf sich zu vereinigen, und somit ist sie in der gesamten Bundesrepublik die Stadträtin mit der geringsten Wählerakzeptanz. Umso mehr würde mich und sicherlich auch Sie interessieren, womit sich meine Frau den Listenplatz erarbeitet hat.

Als nunmehr erfahrene Politikerin würde meine Frau sagen,

dass hier nicht das „Wie" im Vordergrund steht, sondern vielmehr das Resultat. Ich wäre nicht überrascht, wenn sie bei der nächsten Kommunalwahl zur Bürgermeisterin gewählt würde.

Ihre neuen Freunde und Bekannten hatte mir meine Frau nie vorgestellt und, wie ich es heute besser weiß, bewusst vorenthalten.

Meine Frau bildete und bildet sich noch immer ein, dass ich ihr ihren „Aufstieg" nicht gönne oder sogar neide. Heute kann ich nachvollziehen, weshalb sich die kleine Fraktion ihrer Partei im Stadtrat untereinander „überworfen" hat.

Von den wenigen Vertretern ihrer Partei im Stadtrat haben sich zwischenzeitlich drei Fraktionsmitglieder aus der „Clique" der Selbstdarsteller „verabschiedet". Leider gehört auch meine Frau in die erste Reihe dieser „Clique".

Alles, was sie zwölf Jahre missen musste, hatte sie nun in Hülle und Fülle. Sie gehörte, wie sie glaubte, zum erlauchten Kreis der Hautevolee unserer kleinen Stadt und genoss somit ihre ersehnte Anerkennung und Beachtung. Mit großen Schritten begann sie, in ihr neues Leben zu schreiten.

Störenden Ballast musste sie dabei selbstverständlich über Bord werfen.

Mit dem Job als Erzieherin, den Ehrenämtern, der Partei und vielen weiteren Terminen ist meine Frau in den letzten zwölf Monaten an den Abenden nur noch sehr selten zu Hause gewesen.

An dieser Stelle beging ich, so die Sicht meiner Frau, meinen größten Fehler.

Da ich ja selbst nur an den Wochenenden am Familienleben, das schon längst nur noch eine Illusion war, teilnehmen konnte, hatte ich meine Frau mehrmals gebeten, ihre vielen Interessen,

Aktivitäten und Termine im Interesse unserer Tochter einzuschränken. Selbstverständlich saß auch hier meine Frau erneut ihrem Irrglauben auf, auch durch die Bestätigung ihrer vermeintlichen Freunde und Berater, ich würde ihr den Platz an der Sonne neiden.

Spätestens zu diesem Zeitpunkt begann meine Frau, mich aus ihrem neuen Leben auszugrenzen.

Hätte ich nicht weiter an unsere Liebe geglaubt und meine Augen etwas früher geöffnet, wären mir viele Schmerzen erspart geblieben.

Sie hat mich kurzerhand zum „Ballast" erklärt und aus ihrem und dem Leben meiner Tochter „abgeworfen".

Sie musste eben im Interesse ihres „öffentlichen" und „wichtigen" Lebens für sich Prioritäten setzen.

Bis zu meinem Auszug aus unserem gemeinsamen Haus Ende Oktober waren wir 16 Jahre liiert und 13 Jahre verheiratet.

Nachdem ich nun endlich meine Augen geöffnet hatte und wieder zu den Sehenden gehörte, wurde mir schnell bewusst, dass wir nicht nur eine normale Krise erlebten, vielmehr war unsere Liebe dabei zu zerbrechen.

In meiner Angst, meine noch immer große Liebe zu verlieren, habe ich versucht, die Notbremse zu ziehen. Beim Bremsen habe ich erneut alles falsch gemacht, was ich nur falsch machen konnte.

Ende April hatte ich das Thema Scheidung thematisiert, in der Hoffnung, dass ich sie oder besser uns wachrütteln könnte und wir den Ernst der Lage erkennen.

Im gleichen Zeitraum war die Mutter meiner Frau überraschend verstorben.

Neben dieser schweren Belastung, die meine Frau zu tragen hatte, habe ich sie noch zusätzlich in dieser schweren Phase mit meinen sicherlich zu diesem Zeitpunkt „unterzuordnenden" Problemen belastet. Ich habe meiner Frau keine Chance eingeräumt, in Ruhe und Frieden trauern zu können. Vordergründig werden Sie denken, dass ich egoistisch und verwerflich gehandelt habe.

Sie werden noch erkennen, dass ich zu diesem Zeitpunkt nicht mehr in der Lage war, meine Handlungen kontrolliert und mit Verständnis und Anstand gegenüber meiner Frau zu steuern. Wäre ich dazu imstande gewesen, hätte ich niemals so fahrlässig gehandelt und unsere Liebe und unsere gemeinsame Zukunft mit unserer Tochter aufs Spiel gesetzt. Es sollen keine Entschuldigungen, Ausflüchte oder Rechtfertigungen meinerseits sein.

Ich war schon zu diesem Zeitpunkt am Ende meiner Einbahnstraße angekommen und in meiner ausweglosen Gefühlswelt gefangen.

In den letzten drei Monaten hat meine Frau meine Notlage jedoch forciert.

Könnte ich die Zeit zurückdrehen, ich würde alles dafür geben.

Ich versuchte, die Wunden meiner Frau zu heilen.

Da meine Frau jedoch nicht erkannte oder bewusst nicht erkennen wollte, dass ich nicht nur Täter, sondern selbst ein Opfer war, hat sie sich zu ihrem eigenen Selbstschutz in ihrer Not, Verzweiflung und durch ihr fehlendes Vertrauen mir gegenüber, wie ich damals noch naiv glaubte, für die Flucht nach vorne entschieden und sich aus der Verantwortung gestohlen.

Sie handelte auf ihrem Weg nach „Oben", mir gegenüber egoistisch und skrupellos.

In kann mittlerweile ihre Handlungen verstehen und versuchen, ihr für das, was noch kommt, zu verzeihen.

Was mich betrifft, hat sie nie versucht, mich zu verstehen. Es schmerzt noch heute, dass sie mir in der Phase meines Untergangs am Ende der Einbahnstraße nicht beistand und nicht einmal versucht hat, mir und auch unserer kleinen Familie zu helfen.

Für den August hatten wir noch einen gemeinsamen Familienurlaub nach Ägypten geplant und auch bezahlt. Obwohl der Graben zwischen uns bereits sehr tief war, traten wir den Urlaub gemeinsam an, wenn auch aus unterschiedlichen Beweggründen und Motiven.

Meine Frau wollte in erster Linie Abstand von den letzten schwierigen und für sie belastenden Monaten gewinnen und für sich persönlich ein wenig Ruhe finden, wie ich fälschlicherweise dachte.

Doch sie wollte nur Kraft für ihr bereits neu geplantes Leben tanken und hat mir im Urlaub eine Komödie allererster Güte vorgespielt.

Ich hatte den Urlaub ja bereits bezahlt, weshalb sollte sie dann nicht auch fliegen?

Leider konnte ich nie in Erfahrung bringen, ob sie mich mit ihrem neuen Liebhaber schon vor unserem Urlaub „vorgeführt" hatte.

Dass sich unsere Kleine auf den Badeurlaub gefreut hat, ist selbstverständlich.

Ich selbst habe die Reise in der heimlichen Erwartung und der Hoffnung angetreten, dass wir einen Neuanfang finden. Im Vorfeld hatte mir meine Frau ja signalisiert, dass wir beide nach einem zeitlichen Abstand, den sie auch dringend brauchte, um Ruhe zu finden, weitersehen würden.

Sind meine Erwartung und Hoffnung nach diesen Signalen wirklich völlig abwegig gewesen?

Sie hingegen wollte nur auf Zeit setzen, um ihre Planungen zum Abschluss bringen zu können.

Sie hatte bereits begonnen, ihr Spinnennetz für ihr nächstes Opfer zu spinnen. Der Urlaub verlief relativ normal und ohne gegenseitige Vorwürfe.

Aufgefallen ist mir jedoch, dass wenn ich versucht hatte, ihre Hand zu halten, sie mir diese entzogen hat.

Wir hatten sogar zweimal Sex auf dem Balkon des Hotels.

Als wir wieder im Alltag angekommen waren und ich mich wieder pendelnd in meine erste Arbeitswoche begeben hatte, kam der große Zusammenbruch.

Knapp eine Woche nach unserem Urlaub und wenige Tage vor ihrem 50. Geburtstag hatten wir an einem Mittwochabend telefoniert und meine Frau sagte mir, dass sicherlich auch ein Vorstandsmitglied der Sparkasse zum Gratulieren vorbeischauen würde.

Schön, sagte ich, es ist sicherlich eine nette Geste der Sparkasse, einem Mitglied des Stadtrats anlässlich seines runden Geburtstags zu gratulieren. Meine Frau meldete hier Bedenken an und erklärte mir, dass es ihr peinlich sei, den Vorstand zu empfangen, da unser Haus ja eine Baustelle sei. Wir haben ein großes und schönes Haus mit drei Bädern und vier Toiletten.

Sicherlich gibt es auch in unserem nicht mehr ganz neuen Haus Bedarf an kleineren Schönheitsreparaturen. Explizit ging es ihr um zwei lose Bodenfließen zum Kellerabgang.

Für mich ist in diesem Moment eine Welt zusammengebrochen. Seit fünf Jahren bin ich Pendler, auch um auch die hohen Raten für unser Haus bezahlen zu können und muss zusätzlich auf das mir sehr fehlende Familienleben verzichten.

Als ich sie zwei Tage später am Freitag nach meiner Heimkehr nochmals zu diesem Thema ansprach und eine Entschuldigung erwartete, war sie sich keiner Schuld bewusst. Ein Jahr zuvor hatten wir die Chance, dass von meiner Frau „ungeliebte" Haus zu verkaufen.

Hier war bereits ein Notartermin mit der Käuferin in spe verabredet gewesen. In der allerletzten Sekunde hatte meine Frau einen Rückzieher gemacht und mir mitgeteilt,

dass sie Bedenken hat, ein entsprechend gleichwertiges Objekt im Zentrum unserer Stadt zu finden.

Meine Frau hat mich dann nach ihrer „Verkaufs-Absage" dennoch weiterhin mit ihrer „Unzufriedenheit", im Dorf wohnen zu müssen, gequält.

Hatte ich überreagiert?

Es kam was kommen musste und anstatt der von mir erwarteten Entschuldigung, hat meine Frau das Ende unserer Ehe, Vergangenheit, Zukunft und Liebe beschlossen und mir gleichzeitig mein Kind gestohlen. Im gleichen Atemzug ist sie aus unserem Schlafzimmer ausgezogen.

Sie hatte ihr Urteil gefällt!

Heute weiß ich es besser. Ihre Demütigungen hatte sie bereits mit Bedacht geplant, um ihren „Ausstieg" aus unserer Ehe zu beschleunigen.

Ich stand ihr im Weg, und sie hatte mir keine Rolle und keinen Platz ihn ihrer Traumwelt einräumen wollen.

Die Interessen unseres gemeinsamen Kindes spielten für sie in den letzten zwei Jahren nur eine untergeordnete Rolle. Auf ihrem Egotrip, der nur eine Richtung kannte, versäumte sie es, links und rechts ihres Weges zu schauen.

Sie fühlte sich nunmehr sehr sicher auf ihrem Höhenflug nach „ganz oben" angekommen zu sein.

Der Reiseengel
Ich verachte ihn.

Nein, vielmehr hasse ich ihn.

Wen? Den Reiseengel.

Vor zwei Tagen hatte er sich mir vorgestellt. Plötzlich und unvermittelt sprach er mich in meiner Stammkneipe an.

Auf den ersten Blick eine sympathische Erscheinung.

„Ich bin dein Reiseengel und werde dich auf deinem letzten Weg begleiten".

Schon seit zwei Tagen gehe ich rastlos in meiner Wohnung auf und ab. Hat dieser distinguierte, graumelierte, charmante Fremde mit dem gütigen und freundlichen Blick tatsächlich die Gabe, meinen Tod vorherzusehen?

Bin ich tatsächlich an das Ende meiner Lebensreise angekommen?

Zwei Tage sind seit meiner Begegnung mit dem Engel vergangen.

Ich habe keine Zweifel mehr und bin gezwungen, das Unvermeidliche zu akzeptieren.

Aber wie?

Ich lebe im Jetzt, in einer bunten Welt.

Ich schaue aus dem Fenster, es ist Frühling. Die ersten Blumen recken sich in Richtung der Sonne.

Der Seiltänzer

Ich liebe mein Leben und habe noch viele Wünsche und Hoffnungen, die ich noch nicht gelebt habe.

Plötzlich hält der Seiltänzer in meinem Kopf inne und ich höre ihn laut schreien.

„Es ist noch zu früh, meine Zeit ist noch nicht gekommen. Bitte nicht hier und jetzt".

Ich spüre einen stechenden Schmerz in meiner Brust und dunkle Schatten ziehen vor meinen Augen auf, obwohl die Sonne strahlt.

Ich möchte leben, mit jenen, die ich liebe.

Komisch, meinen letzten Gedanken verschwende ich an die Gladiatoren.

„Todgeweihte leben länger".

Ein Irrtum, der Tod ist unbestechlich.

Ich sehe, wie mein Engel mir auf meiner letzten Reise freundlich zuwinkt.

In diesem Fall ist es mir noch gelungen, den Tod zu überlisten, ich habe meinen Herzinfarkt an diesem Tag vor zehn Jahren überlebt.

An diesem Tag, muss meine Reise bereits begonnen haben.

In den letzten zehn Jahren, habe ich den Reiseengel mir des Öfteren zuwinken sehen.

Meine Sehnsucht nach dem Tod wurde von Jahr zu Jahr größer.

Zwischenzeitlich hatte sich der Reiseengel einen Verbündeten an seine Seite geholt. Seit nunmehr fast zwei Jahren erteilt er mir unentwegt Ratschläge.

Trotz seiner vehementen, ja fast penetranten Mahnungen habe ich alle seine Ratschläge in den Wind geschlagen.
Heute höre ich ihn besonders laut rufen.

"Merkst Du denn immer noch nicht, dass wir in eine Einbahnstraße gelaufen sind.

Du befindest Dich in der Einbahnstraße deines Lebens".

Ganz tief in der dunkelsten Abstellkammer meines Bewusstseins, dämmert mir ein Gedanke. Sollte der Seiltänzer in meinem Kopf, mit seiner Einschätzung zu meinem Weg, vielleicht richtig liegen?
Ich habe die letzte Abzweigung aus meiner Einbahnstraße des Lebens verpasst, verpasst an der Stelle, wo es noch die Möglichkeit gab, die Gefühle zu korrigieren, bevor mein Seiltänzer und ich in der Dunkelheit für immer verloren gehen.

In den letzten Jahren meiner großen Liebe, war es sehr häufig dunkel um mich geworden. Unzählige Schatten und böse Geister versuchten des Nachts, von meiner Seele Besitz zu ergreifen. In der einen oder anderen Nacht ist es ihnen auch gelungen.

Mein mit Liebe erfülltes Herz konnten Sie jedoch nie erstürmen.

Es ist mir immer rechtzeitig gelungen, das Licht der Hoffnung in meinem Herzen zu entzünden und die Schatten und Geister zu vertreiben – zumindest wiegte ich mich in diesem Glauben.

In den letzten Monaten unterlag ich manchmal dem Trugschluss, der Himmel am Horizont würde für mich heller werden.

Finde ich zu meiner alten Kraft zurück oder unterliege ich meinem Selbstbetrug?

Allmählich merke ich, dass ich den aufrechten Gang verlerne und eher durch mein Leben krieche.

Ich brauche die Wärme und das Licht der Sonne. Bis zu meinem letzten Atemzug werde ich um meine Sonne kämpfen. Sollte ich diesen Kampf verlieren, werde ich verglühen wie Ikarus. Ikarus wurde von seinem Vater Dädalus gewarnt, sich der Sonne nicht zu sehr zu nähern.

Er hörte jedoch nicht auf die Warnung seines Vaters und stieg übermütig höher und höher, der Sonne entgegen.

Auch ich, habe mich meiner Sonne mehr und mehr genähert, jedoch nicht aus Übermut, sondern aus bedingungsloser Liebe.

Mich hatte niemand vor den Gefahren der Liebe gewarnt.

Doch ohne dass ich es bemerkte, hatten die Geister längst Besitz von mir ergriffen.

Bis zu unserem letzten Familienurlaub im August, auf den Tag genau vor fast zwei Jahren, so glaubte ich damals, obschon die ersten Schatten auf unseren Seelen lagen, befand ich mich beinahe ausschließlich auf der Sonnenseite des Lebens.

Mich ängstigt, dass mein Schutzmantel von Tag zu Tag, aber besonders nachts immer durchlässiger für die Geister wird, die ich nie gerufen hatte.

Wird es mir gelingen jene Geister zu besiegen?

Oder werde ich mich ihnen kampflos ergeben?

Mich quält die große Angst, dass ich keine Abzweigung aus der Einbahnstraße meines Lebens finde.

Verrat

Ich stand vor dem Scherbenhaufen meines Lebens, ich war am Ende. Meine Tochter hatte an diesem Wochenende bei einer Freundin übernachtet und meine Frau die Flucht vor mir ergriffen. Mit wem oder wohin sie flüchtete, wusste ich nicht. Wenn meine Frau bis spät in der Nacht unterwegs war oder heute noch ist, hatte und hat sie immer als Alibi den gleichen Standardnamen einer Freundin parat. Heute weiß ich vieles besser, und ich habe mir aus Selbstschutz geschworen, die bittere Wahrheit zu ignorieren, um mein letztes Ziel noch erreichen zu können.

Meine Liebe und mein Vertrauen zu meiner Frau lag wie ein zerbrochenes Puzzle vor mir.

In meiner Verzweiflung und des Lebens müde, schrieb ich einen Abschiedsbrief an meine Tochter.

Ob aus Angst vor dem Ende oder aus Verantwortung gegenüber meiner Tochter, versuchte ich nach dem berühmten letzten Strohhalm zu greifen und rief in der Psychiatrie der Universitätsstadt an.

Kurzum, ich wurde noch in der gleichen Nacht mit dem Rettungswagen in die „geschlossene" Abteilung der Psychiatrie eingeliefert.

Während meines Aufenthalts in der Klinik, feierte meine Frau ausgelassen ihren 50igsten Geburtstag und plante ihr Leben und das meiner Tochter neu.

Da mich meine Frau längst über Bord geworfen hatte, erreichte mich in dieser schweren Zeit kein Lebenszeichen, weder von ihr und auch nicht von meiner Tochter, in der Klinik. Wie ich später anlässlich eines Telefongesprächs mit meiner Schwester am Heiligen Abend erfahren musste, hatte meine Schwester meine Frau an ihrem Geburtstag angerufen und ihr zum runden Geburtstag gratuliert.

In diesem Telefongespräch zeigte sich meine Frau besonders herzlos.

Sie gab sich sehr kurz angebunden und verschwieg meiner Schwester,

dass ich nicht Teil der Geburtstagsfeier war und mich stattdessen in der geschlossenen Psychiatrie befand.

Dieser Klinikaufenthalt ist gerade erst knapp drei Monate her. Seitdem hat sich mein Leben, oder besser, was davon übrig geblieben ist, radikal und im Eiltempo verändert.

Ich bin mithilfe der Ärzte nicht nur in den Abgrund meiner Seele eingetaucht. Ich kenne mittlerweile die Gründe für das Scheitern meiner großen Liebe, aber um ein Vielfaches schlimmer ist die gewonnene Erkenntnis, dass die Liebe nie hätte sterben dürfen und müssen.

Meine Frau hat sich die letzten Jahre nie für meine Sorgen und Ängste interessiert.

Wer nicht liebt, kann auch nicht sehen, oder wie schon von mir erwähnt: „Andere Tage, andere Augen".

Und wie mir die Ärzte zeigen konnten, gab es bei mir mehr als genug Signale und Veränderungen, die sie, wenn sie denn gewollt hätte, auch mit geschlossen Augen, aber mit einem offenen Herzen hätte sehen können und auch müssen.

Aber es war für sie spannender, in den letzten zwei Jahren ihr neu begonnenes Leben, aus dem sie mich längst ausgegrenzt hatte, ohne Ballast zu leben.

Meine Frau macht es sich bis heute einfach und unterstellt mir mit Vorsatz schauspielerisches Talent.

Somit kann sie jede Verantwortung für unser Scheitern von sich weisen und weicht jeder Verantwortung und Hilfe aus, ohne ein schlechtes Gewissen haben zu müssen. Lassen Sie sich bitte nicht von meiner Frau täuschen, sie handelt mit Vorsatz und mit allen ihr zur Verfügung stehenden Mitteln. Wenn es für sie von Vorteil ist, dann auch mit unlauteren Aktionen.

Einen „Nachfolger" für mich, hat sie sich schon ausgeguckt und er wird ihr sicherlich ins Netz gehen.

Ihr Wesen und auch ihr Charakter haben sich in den letzten zwei Jahren, in wundersamer Weise schnell gewandelt.

Früher fand sie unseren langjährigen Landtagsabgeordneten der konkurrierenden Partei, O-Ton meiner Frau:

„Unsympathisch, dick und feist."

Heute hingegen findet sie unseren Landtagsabgeordneten „nett und sympathisch".

Aktuell fühlt sich meine Frau zu den Herren der „feindlichen" Partei hingezogen.

Verständlich, da die konkurrierende Partei als langjähriger und unangefochtener „Marktführer" bei den Wählern über deutlich mehr Einfluss in unserer kleinen Stadt verfügt.

Gerne sonnt sie sich an der Seite unseres Bürgermeisters, obwohl dieser ihr politischer Gegner ist.

Sie lässt keine Möglichkeit aus, sich bei öffentlichen Veranstaltungen „ablichten" zu lassen.

Auch ihren heutigen Schulleiter hielt sie früher für einen Schwätzer und Selbstdarsteller, der sich gerne und lange reden hört.

Vor gut drei Jahren suchte die Grundschule eine Sekretärin. Auf diese Ausschreibung bewarb sich meine Frau oder hatte dies zumindest vor.

Den Zuschlag erhielt dann, nachdem der neue Schulleiter und der heutige Chef meiner Frau in „Amt und Würden" war, ein Mitglied aus dessen Verwandtschaft. Sie hätten meine Frau schimpfen hören sollen, „alles Korruption, Sippenwirtschaft, Betrug!"

Heute hält sie ihren Schulleiter für toll und vergöttert ihn, er soll ja auch ihre Karriere an der Schule fördern und ihrem Netzwerk dienlich sein.

Als meine Frau noch bei unserem größten Arbeitgeber der Stadt als Vertriebsassistentin beschäftigt war, vor der Geburt unserer Tochter, musste sie sich, wie sie mir des Öfteren schilderte, gegen diverse Mobbingattacken zur Wehr setzen.

Als sie nach der Geburt unserer Tochter nicht in ihren alten Job bei ihrem Arbeitgeber zurück konnte, hatte sie sich mit Recht und sehr verbittert über diese Firma geäußert.

Ihr wurde Schlichtweg keine Teilzeitstelle angeboten.

„Der Inhaber glaubt wohl, der große Gott unserer Stadt zu sein und merkt nicht einmal, was in seiner Firma abläuft."

Als der Inhaber mehrmals Kontakt mit einer sehr prominenten Sportlerin hatte, erzählte sie mir, dass der Inhaber ein Verhältnis mit der Prominenten hätte.

Trotzdem hat sie gerne die vom „lieben Gott" für die Bürger der Stadt gesponserten Freizeitaktivitäten mit unserer Tochter genutzt.

Wenn sie heute den Herrn trifft und die Chance auf ein Gespräch hat, strahlt meine Frau über das ganze Gesicht und kann sich an ihre abfälligen Bemerkungen von früher nicht mehr erinnern.

Bis vor gut zwei Jahren, vor ihrem Neueinstieg ins Berufsleben und dem Anfang ihres Wegs nach „oben", war meine Frau noch nicht in unserer neuen Heimat angekommen.

Nach über 12 Jahren fühlte sie sich noch immer nicht wohl. Immer und immer wieder ließ sie sich über das „Kaff" und die konservativen und ignoranten Bewohner aus. Besonders geärgert hatte sie sich immer darüber,

dass einige Geschäfte es sich leisten konnten, über die Mittagszeit zu schließen und schon um 18.00 Uhr die Türen verriegelten.

Häufig keimte in ihr der Wunsch auf, in die benachbarte Großstadt umzuziehen.

Heute, nur gut zwei Jahre später und ihrem veränderten Wesen geschuldet, ist sie in ihrer kleinen Stadt angekommen und hält diese für den Nabel der Welt.

Es ist schon erstaunlich, wie sich die Sichtweisen meiner Frau mit ihrem Eintritt in das öffentliche Leben verändert haben. Ich hoffe, dass sie ihren Charakter auf ihrem Weg nach „oben" nicht komplett „verhungern" lässt. Meine Frau soll und muss meinem Kind ein Vorbild sein.

Egal, was sie auch unternimmt, mich zu ignorieren, zu verletzten, zu demütigen, mein Kind zu instrumentalisieren, mich mit ihrem Anwalt zu behelligen, zu lügen, es gelingt ihr nicht, meine Liebe zu töten.

In manchen Momenten wünsche ich mir, dass meine Liebe zu ihr sterben würde und ich eine Chance hätte, einen Weg aus der Einbahnstraße zurück ins Leben zu finden.

Aus der Klinik wurde ich mit der Diagnose „Depressionen mit schwerer Episode" entlassen.

Trotz der Medikamente kreisten meine Gedanken täglich um das Thema Freitod.

Ich wollte Ihnen ja noch vom 12. Geburtstag meiner Tochter im November berichten. Morgens um 6.30 Uhr schlich ich mich wie ein Dieb in mein eigenes Haus, um meiner Tochter gratulieren zu können.

Von der Feier am Nachmittag wurde ich ausgegrenzt, meine Frau hatte ihre Freunde und Verwandten eingeladen und mein Psychiater hatte mir davon dringend abgeraten, mich dem Jüngsten Gericht auszuliefern. Die Gäste meiner Frau kennen nur ihre subjektive Sicht.

Ferner war auch ihr „sauberer" Bruder als Gast geladen, selbiger hatte mich - nach meiner Entlassung aus der Klinik - Anfang September bedroht und erpresst.

Ich war mit meiner Tochter und meinem Schwager am Wochenende nach meiner „Freilassung" auf dem Weg zu einem Punktspiel meiner Tochter im Tennis.

Zum Glück befanden wir uns mit meinem Auto noch in unserem Dorf und nicht auf der Autobahn.

Am diesem Morgen rammte ich versehentlich ein parkendes Auto in unserer Dorfstraße.

Umgehend drohte mir mein Schwager damit, mich anzuzeigen, wenn ich seine Schwester nicht anständig im Rahmen der von ihr gewünschten Trennung behandeln würde.

Er warf mir vor, unter Medikamenteneinfluss, fahrlässig Auto gefahren zu sein.

Mein Auto stand danach nahezu fünf Wochen in der Werkstatt, bis der Vorgang aufgeklärt war.

Unmittelbar vor dem Unfall, war meine Aluminiumfelge wegen eines Materialfehlers gebrochen und somit war mein Wagen nicht mehr lenkbar und die Kollision nicht vermeidbar. Ferner habe ich von meinen behandelnden Ärzten ein Attest, dass meine verordneten Medikamente keinen negativen Einfluss auf mein Fahrverhalten haben. Zusätzlich war die „Spurenlage" für die aufnehmenden Polizeibeamten eindeutig und es wurde kein obligatorisches Bußgeld gegen mich verhängt.

Sollte ich mich mit diesem „sauberen" Schwager an den Geburtstagstisch meiner Tochter setzen?

Am Nachmittag der Geburtstagsfeier meiner Tochter habe ich mich in meiner Wohnung mit Gedanken beschäftigt, auf die ich noch eingehen werde.

Zuerst sahen die Ärzte mit mir in den Abgrund meiner Seele.

Mit den dunklen Abgründen in der Seele meiner Frau, haben wir uns zu einem späteren Zeitpunkt beschäftigt.

Meine Depressionen sind bereits in den letzten eineinhalb bis ca. zwei Jahren, vor meinem Zusammenbruch, entstanden und haben sich durch die Ereignisse der letzten Monate noch nachhaltig verstärkt.

Die auslösenden Faktoren waren relativ leicht zu lokalisieren.

Die permanente Trennung von der Familie, die Belastung als Pendler, die Angst den Lebensstandard der Familie nicht sichern zu können, die Wesensveränderung meiner Frau und die daraus entstandene Eifersucht, mein mangelndes Vertrauen ihr gegenüber und ihr Ignorieren meiner Sorgen.

Mit meiner Entlassung aus der Klinik waren sowohl ich,

als auch meine Ärzte guten Mutes meine Krankheit in den Griff zu bekommen und einen neuen Weg für mich zu finden.

Die Wirklichkeit holte mich schneller ein, als von mir erwartet. Die Eiseskälte meiner Frau raubte mir sehr schnell nach dem Klinikaufenthalt die Hoffnung und zeigte mir „meine" Richtung in brutalster Weise auf. Wenn wir in der Vergangenheit gestritten hatten, war ich es gewohnt, dass sie mit unlauteren Mitteln agierte und in alten Wunden stocherte.

Sie hat mir mindestens hundert Mal unseren Hauskauf und meine Selbstständigkeit vorgeworfen, obwohl ich sie mehrfach gebeten hatte, mich nicht immer mit den gleichen Vorwürfen zu quälen.

Sie war aber auch imstande, noch herzloser zu handeln.

Nach meiner Entlassung und mit dem Wissen um meine Diagnose hatte sie mich für den Fall, dass ich Selbstmord begehen sollte, aufgefordert, dieses Vorhaben doch bitte nicht zu Hause umzusetzen.

Gestatten Sie mir auch, zwischendurch von meiner aktuellen Gefühlswelt zu berichten. Heute ist der 1. Dezember und ich bin mit meinem Spatz verabredet. Ich werde sie gleich in unserem alten Haus, meine Frau und Tochter haben noch keine neue Wohnung gefunden, abholen und mit ihr den Weihnachtsmarkt in der benachbarten Großstadt besuchen.

Nach Monaten das erste Mal, dass ich mich auf einen Tag freuen kann. Ich hoffe, dass es schöne, wenn auch nur wenige, Stunden werden. Zum einen bin ich für den Tag dankbar und zum anderen freue mich bereits wie ein kleines Kind. Es wird der erste Besuch mit meiner Tochter auf dem Weihnachtsmarkt, jedoch ohne meine Frau sein.

Ich will versuchen, mich auf mein Kind zu konzentrieren und nicht an meine unsterbliche Liebe zu denken. Heute möchte ich einen schönen Tag erleben und erhoffe mir dadurch, meinen Akku im Herzen ein Stück aufladen zu können.

Ich habe sogar einen kleinen Tagesablauf geplant.

Nachdem ich meine Tochter wieder in unser ehemaliges und gemeinsames Haus zurückgebracht habe, werde ich mir etwas Leckeres kochen und eine Flasche meines Lieblingsweins öffnen.

Es liegt bestimmt schon sechs Monate zurück, dass ich mit meiner Frau „unseren" Wein getrunken habe.

Heute am Sonntag, nach dem Besuch auf dem Weihnachtsmarkt, bin ich mit meiner Tochter um zwölf Uhr zum Tennisspielen verabredet.

Für einen kurzen Moment kamen mir auf „unserem" Weihnachtsmarkt die Tränen, da ich uns gerne zu dritt als Familie auf dem Weihnachtsmarkt gesehen hätte. Für den Weihnachtsmarkt hat sich meine Kleine nur am Rande interessiert. Ihre wilden Zeiten, in denen sie als Kleinkind mit großer Begeisterung eine Karussellrunde nach der anderen drehen wollte, sind längst vorbei. Auch kennt sie seit nunmehr vielen, vielen Jahren jeden einzelnen Standplatz der Buden. In den vielen Jahren hat sich auf unserem Weihnachtsmarkt nichts verändert. Mir ist er dennoch, in Erinnerung an die schönen Zeiten mit meiner Frau, ans Herz gewachsen.

Zum ersten Mal habe ich nicht unsere obligatorische Feuerzangenbowle getrunken, ohne meine große Liebe, wollte sich bei mir keine weihnachtliche Stimmung einstellen.

Für einen kurzen Moment, hat sich mein Kind aber doch noch an einen ihrer besonderen Momente, aus unseren vielen Besuchen auf dem Weihnachtsmarkt, erinnert. Sie hielt Ausschau nach der Bude mit den „pädagogischen Bauchsprechpuppen", ihrer Jule.

Sie erinnerte sich noch sehr genau daran, dass wir ihr, ihre Jule im Dezember kurz nach ihrem dritten Geburtstag geschenkt hatten. Noch heute hat Jule einen Platz in ihrem Zimmer und ist nicht auf dem Friedhof der Kuscheltiere gelandet. Aber wie schon gesagt, hat unser Besuch auf dem Weihnachtsmarkt meine Tochter eher gelangweilt. Vielmehr trieb es sie mit Macht in ihre Lieblingsbuchhandlung.

Mein Kind ist eine Leseratte und verschlingt ein Buch nach dem anderen.

Kurzum, ich hatte mein Nikolausgeschenk für sie gefunden.

In dieser Woche hatte mein großer Spatz einen Lesewettbewerb aller sechsten Klassen auf ihrem Gymnasium gewonnen und ich war mächtig stolz auf sie. Gerne hätte ich den Lesewettbewerb als Vater miterlebt.

Leider hatte mir meine Frau den „öffentlichen" Auftritt meiner Tochter mit Vorsatz verschwiegen, um mich in meiner Krankheit weiter zu schwächen.

Meine Frau mag neben Haselnüssen, ihr Lieblingsmärchen ist übrigens „Drei Haselnüsse für Aschenbrödel", auch gerne Macadamianüsse.

Als ich meine Tochter gestern Abend in unserem ehemals gemeinsamen Haus abgeliefert habe, habe ich meiner Frau eine kleine Tüte Macadamianüsse und ein kleines Lebkuchenherz mit der Aufschrift „Ich liebe Dich" als Mitbringsel und Gruß, von unserem Weihnachtsmarktbesuch hinterlassen.

Meine Frau war zu dieser Zeit noch auf Wohnungssuche.

In den letzten Monaten hat sie sehr viele Wohnungen besichtigt und eine Besichtigung dauerte mitunter vier bis fünf Stunden. Als wir später telefonierten, um den Tennistermin für den Sonntag abzustimmen, bedankte sie sich für die Nüsse. Mein Herz hat sie leider ignoriert.

Ich werde jetzt eine Erzählpause einlegen und mich für unser Tennisspiel fertigmachen.

Mein großer Spatz hat mich gestern darum gebeten, sie nicht absichtlich gewinnen zu lassen.

Auch wenn ich sie gewinnen lassen würde, ich könnte das Spiel nicht mehr beeinflussen, sie ist mir längst überlegen.

In meiner neuen Wohnung, auf die ich noch zu sprechen kommen werde, hat meine Tochter schon zweimal übernachtet.

An diesen Tagen hatten wir mehrere Partien Schach gespielt. Ich hatte keinerlei Chancen auf einen Sieg, auch hier kam ihre Frage, ob ich absichtlich verloren hätte.

Ich hätte gerne gewonnen, um mein verlorenes Selbstvertrauen ein wenig aufzubauen.

Heute Morgen pünktlich um 11.30 Uhr habe ich meinen Spatz zum Tennis abgeholt.

Ich habe mich in unserem Match wacker geschlagen und nur 3:6 und 2:6 verloren.

Als ich meine Tochter heute Morgen abgeholt habe, wollte ich die Chance auf ein kurzes Gespräch mit meiner Frau suchen, sie war jedoch schon auf dem Sprung zu einer vermeintlichen Wohnungsbesichtigung.

Meine Frau möchte mit mir ein Gespräch auf neutralem Boden führen.

Ich werde keine weiteren Gespräche mehr mit ihr führen, ich werde ihr keine weitere Chance einräumen, mein Ende zu beschleunigen.

Viele Jahre habe ich als Alleinverdiener die Kohlen aus dem Feuer für uns holen müssen. Sicherlich war ich für einige finanzielle Engpässe verantwortlich.

Die lapidare Antwort meiner Frau war immer gleich:

„Du wirst das schon lösen."

An diesem Vormittag hatte ich sie erneut gebeten mir zu sagen weshalb sie mich - trotz ihres Wissens um meine Krankheit - wie eine heiße Kartoffel fallen gelassen hat.

Eine Antwort blieb sie mir schuldig, sie war ja auf dem Sprung zur Besichtigung.

Ihre neue Lebensplanung begann schon vor ca. zwei Jahren und bis zum heutigen Zeitpunkt, hat sie mich noch interimsweise als „Sprungbrett" ausgenutzt.

Jetzt, wo ich längst die Wahrheit in Erfahrung gebracht habe, versteckt sie sich weiterhin hinter ihrem Selbstbetrug.

In 16 Jahren war sie mir nie eine Hilfe, wenn ich Probleme hatte.

Der Lebensstandard war für sie selbstverständlich, wie ich es schaffe, hatte sie nie wirklich interessiert. Nicht umsonst hat sie ihren 50. Geburtstag, während ich in der Klinik war, ausgelassen gefeiert und jeglichen Kontakt zu mir gemieden.

Heute weiß ich längst, mit wem mich meine Frau betrogen hat und betrügt.

Meinen Infarkt habe ich überstanden und wirtschaftliche Krisen ebenfalls.

Jetzt, wo ich ihre Hilfe mehr als je zuvor gebrauchen könnte, hat sie mich im Stich gelassen.

Meine Frau und ich kennen den wahren Grund ihrer Flucht, sie hat schon längst ihr neues Netz gesponnen.

Noch Mitte September hatte sie mir beim Leben meiner Tochter geschworen, dass kein anderer Mann meine „Rolle" eingenommen hat.

Diesen ersten von mir „entlarvten" Liebhaber, hatte meine Frau mit Bedacht ausgewählt. Als leitender Mitarbeiter, in einer Schlüsselposition der Stadtverwaltung, sollte er ihre Karriere in der Politik befördern. Zwischenzeitlich hat der Auserwählte kalte Füße bekommen und sich daran erinnert, dass er verheiratet ist. Sie werden später noch weitere Kandidaten meiner Frau kennenlernen.

Sie muss jetzt versuchen, meiner Tochter zu erklären, dass sie den ersten „Neuen" erst nach meinem Auszug kennengelernt hat. Hier steckt sie in einer ausweglosen Zwickmühle.

Egal, welche Lügen sie auch versucht meiner Tochter aufzutischen, die Wahrheit wird sie eines Besseren belehren.

Sie hat keine Chance, sich aus ihrer Zwickmühle zu befreien, sie hat nachweislich einen Meineid geleistet. Ich hoffe und bete für meine Frau, dass meiner Tochter durch diesen schamlosen Meineid kein Unglück geschehen mag.

Auf meine erneute und konkrete Frage zu ihren Beweggründen durfte ich mir anhören, wir hätten uns auseinander gelebt.

Sie in den letzten Jahren ja, ich hingegen hatte weiterhin den Ernährer und den Idioten - aus der Ferne - zum Besten gegeben.

Sie muss in ihren Planungen bereits sehr weit fortgeschritten gewesen sein.

Heute sind meine letzten Illusionen und Hoffnungen zu Staub zerfallen und mein Leben wie ein Kartenhaus in sich zusammengebrochen.

Nach dem Tennismatch habe ich heute am Sonntagnachmittag mit meinen beiden Neffen telefoniert und ihnen erstmals von den Veränderungen in meinem Leben berichtet.

Sie werden mein Testament für meine Tochter sicher verwahren.

Seit dem schicksalhaften August, dem Kinikaufenthalt, habe ich meine Berufstätigkeit einstellen müssen, es fehlt mir einfach an der Kraft, mein Business mit der erforderlichen Konzentration ausüben zu können.

Trotzdem hat mich meine Firma nicht ganz vergessen und gibt mir in Abständen Sonderaufträge, um mich von meiner Krankheit abzulenken.

Ich werde in der kommenden Woche zwei Tage geschäftlich in die Schweiz fahren und freue mich schon jetzt, nach vielen Tagen der Einsamkeit, erstmals wieder Kontakt zu guten Freunden haben zu können.

Dem Ergebnis meiner Reise in die Schweiz kann ich schon vorweggreifen, meine Schweizer Freunde haben mir einen Weg aus meiner Hoffnungslosigkeit aufgezeigt.

Um meine große Liebe, meine Frau, loslassen zu können, muss ich anfangen, sie zu verachten.

Nach einem langen Gespräch bis spät in die Nacht, hatten mir meine Freunde die schamlose Vorgehensweise meiner Frau offen dargelegt.

Nach der Aufforderung meiner Frau, mich doch bitte nicht im eigenen Heim zu exekutieren, hatte ich den Zwang, ihrer Aufforderung Folge zu leisten.

Noch am gleichen Abend, unter dem Vorwand in einer Kneipe oder Disco Ablenkung zu finden, setzte ich mich ins Auto und fuhr nach Hannover in ein Hotel, in der festen Absicht, mich meiner Müdigkeit zu ergeben. Ich war noch nicht soweit, und so fuhr ich nach einer erneut schlaflosen Nacht am frühen Morgen in unser Heim zurück.

Am Montag konnte ich mich dann mit meinem Psychologen über mein „Versagen" unterhalten.

Ihr erster Versuch, mich auf dem Scheiterhaufen der verlorenen Seelen diskret und geräuschlos zu entsorgen, war ihr vorerst noch nicht gelungen.

Sie hat sich aber später noch mehrere Chancen „erarbeitet".

Sie erinnern sich noch?

Meine Frau hatte mir Hoffnung auf eine gemeinsame Zukunft, nach einer räumlichen Trennung, in Aussicht gestellt.

Unverzüglich hatte ich mich auf den Weg gemacht und versucht, eine Wohnung für mich zu finden. Die Wirklichkeit, muss ich Ihnen an dieser Stelle gestehen, sah jedoch völlig anders aus. Meine Frau hatte unser Heim nie sonderlich gemocht.

Jetzt, bei ihren vielen Terminen und Aktivitäten, welcher Natur auch immer, wurde ihr Antrieb, schnell in die Stadt zu ziehen, immer dringlicher, da sie ihr neues Leben unbedingt in direkter Nähe ihrer „wahrhaftigen" Freunde genießen wollte.

Wie habe ich erkannt, dass sich meine ehemals liebevolle Frau in ihrem Wesen und Charakter verändert hat?

Hierfür gibt es unzählige Beispiele, die nicht nur meine Liebe belastet haben, sondern mir auch die Augen früher hätten öffnen müssen.

Wie Sie schon wissen, besucht meine Frau als Person des öffentlichen Lebens regelmäßig und sehr „engagiert" alle Veranstaltungen und Empfänge, die sie nutzen kann, um an ihrem persönlichen Spinnennetz oder auch „Networking" zu arbeiten. Schon vor über einem Jahr ist es ihr glänzend gelungen, in den Smalltalk-Runden anlässlich diverser Veranstaltungen im Besonderen bei den männlichen Besuchern den Eindruck zu erwecken, sie wäre längst eine Singlefrau.

Anfang April, mit dem beginnenden Untergang meines Lebens, hatten wir einen bösen Streit, in dem es erneut um das Thema ihrer vielen Termine ging. Sie war gerade dabei, sich für das örtliche Jubiläum des Sportvereins in unserem Dorf „aufzuhübschen".

Dort wollte sie unbedingt die Chance auf ein persönliches Gespräch mit unseren Landtagsabgeordneten der „feindlichen" Partei wahrnehmen. Denn was scheren meine Frau die Ideale und Werte der eigenen Partei, wenn es um ihre eigenen Interessen geht.

Sie wollte mit ihm über ihr kleines Gehalt als unterbezahlte Erzieherin an ihrer Schule und über mögliche Aufstiegschancen reden. Wenn meine Frau schon früher über einen Vertreter der anderen Partei „gestolpert" wäre, dann säße sie heute halt als Vertreterin für die größere Partei im Rathaus.

Meiner Frau geht es weniger um die Politik, sondern eher um ihre persönliche Öffentlichkeit und Beachtung.

Unser Eklat eskalierte, und unsere Tochter hatte diesen wirklich bösen Streit, zu meinem noch heute großen Bedauern, miterleben müssen.

Ihr O-Ton: „Ich hasse euch beide!"

Meine Tochter verließ völlig aufgelöst unser Haus und nahm Reißaus.

Ich setzte mich sofort ins Auto und versuchte, meine Tochter zu finden und zu beruhigen. Das Beruhigen ist weder mir, noch meiner Frau gelungen.

Erst nach einem langen Telefongespräch mit ihrer Halbschwester, hatte sie sich ein wenig beruhigt.

In der Zwischenzeit hatte meine Frau in aller Seelenruhe geduscht und sich für das Fest in unserem Dorf weiter „aufgebrezelt".

Ich sagte ihr, dass sie unsere Tochter in diesem Zustand doch nicht allein lassen könne, um an ihrem Netzwerk zu arbeiten. Meine Frau ist dann schweren Herzens nicht zu der Veranstaltung gegangen, und ich durfte mir den Kommentar anhören „das werde ich dir nie verzeihen".

Hiermit war nicht in erster Linie unser Streit oder unser Kind gemeint, sondern vielmehr ihre verpasste Chance auf das Gespräch mit dem Abgeordneten der Konkurrenz.

In der heutigen Nachbetrachtung bin ich mir sicher, dass sie bereits im April unsere Trennung beschlossen hatte.

Der Mohr hatte seine Schuldigkeit getan!

Auch hier hatte meine Frau selbstverständlich an der Auslösung des Streites keinerlei Schuld, sie wusch wie immer ihre Hände in Unschuld. Gerne hat sie danach diesen Streit zum Anlass genommen, meine Tochter zu instrumentalisieren und ihr zu suggerieren, dass eine Trennung für alle Beteiligten die beste Lösung sei.

Hiermit begann sie, mir die Chance auf ein Zusammenleben mit meiner Tochter, mit Vorsatz und Berechnung zu zerstören.

Ich erinnere mich noch sehr gut an eine Begebenheit, bei der sie ihre Dominanz zur Schau gestellt hat.

Ich bin zu einem ihrer öffentlichen Termine, dem Spatenstich, der geplanten Ortsumgehung unserer Stadt, durch unseren Ministerpräsidenten, als interessierter Gast und „Anhängsel" meiner Frau mitgegangen. Wir standen gemeinsam zusammen mit ihren Parteifreunden und ich hatte mich erdreistet, eine harmlose politische Bemerkung zu machen.

Meine Frau machte mich vor ihren Parteifreunden, die mir nicht oder nur vom Sehen bekannt waren, komplett „rund" und hielt mir eine Gardinenpredigt vor ihren „Freunden".

Nach unserer räumlichen Trennung vor knapp fünf Wochen, änderte sich in ihrer Terminvielfalt wenig.

Wenn ich jeden Abend mit meiner Tochter telefoniere, um ihr gute Nacht zu sagen, geht meine Tochter in der Regel weiterhin allein, ohne gute Nacht Kuss ihrer Mutter, ins Bett. Sie ist ja jetzt auch nicht mehr elf Jahre alt, immerhin ist sie vor 14 Tagen zwölf geworden.

Die Termine bzw. Alibitermine meiner Frau haben in ihrer Häufigkeit zugenommen.

Meine Frau fühlt sich für den Wahlkampf, ihrer für die anstehende Landtagswahl aufgestellten Parteifreundin, verantwortlich.

Haben sich der Einsatz und die Unterstützung durch meine Frau, für ihre „Freundin" ausgezahlt? Nein!

Obwohl ihre Partei im Land Niedersachsen zur Landtagswahl 2008 zugelegt hat.

Meine Erststimme für die Direktkandidatin, der Freundin und Parteifreundin meiner Frau, habe ich nach Abwägung der Leistung und der Außenwirkung ihrer Fraktion in unserer Stadt, dann doch lieber einer anderen Partei gegeben.

Gegen den positiven Trend ihrer Partei in Niedersachsen, hat die Direktkandidatin der Mini-Fraktion aus der Partei meiner Frau, zur Wahl von 2008 „Erststimmen" verloren. Wer sich als Direktkandidatin mit seinen eigenen Parteimitgliedern und Fraktionsmitgliedern im Stadtrat überworfen hat, muss dann auch die Quittung der aufgeklärten Wähler akzeptieren.

Schadenfreude?

Ja, ich gestehe es freiwillig.

Meine Frau hat sich in den vergangenen drei Monaten unzählige Mietwohnungen angesehen.

Zum einen gibt der Vermietungsmarkt in unserer Stadt nicht derart viele Besichtigungstermine her und zum anderen sind derart lange Besichtigungstermine eher ungewöhnlich.

Möglicherweise hat meine Frau die vielen und langen Termine auch für andere Aktivitäten genutzt.

Hoffnung
Der letzte Funke meines Lebens beginnt zu verlöschen.

Die Geister auf dem Scheiterhaufen der verlorenen Seelen, haben ihre Arme für mich weit geöffnet und erwarten bereits mit Sehnsucht meine Ankunft.

Noch lebe ich, woran ich das erkenne? Ich atme, nicht mehr und auch nicht weniger!

Am Montag, den 26.11., hatte ich mein vorerst letztes Gespräch mit dem Psychiater der Klinik. Nachdem sich bei mir nunmehr seit zwei Jahren Depressionen entwickelt haben, mit meinen konkreten Suizidabsichten der letzten drei Monate sogar zu der medizinisch sogenannten „schweren Episode", habe ich heute am Nikolaustag entschieden, den Weg der Selbstheilungskräfte zu versuchen.

Mir ist bewusst, dass ich hier ein sehr hohes Risiko in Bezug auf meine Überlebenschancen eingehe.

Es liegt sicherlich noch ein langer und steiniger Weg vor mir.

Wird mir meine „schwere Episode" der Depression überhaupt die Zeit einräumen?

Aktuell muss ich gegen die klassischen Symptome, die mich noch täglich begleiten und gefangen halten, wie z.B. dem

„Gefühl der Gefühllosigkeit, der Sinnlosigkeit meines Lebens, meiner Hoffnungslosigkeit, meiner „Selbstentwertung, meiner sozialen Selbstisolation, meiner übersteigerten Schuldgefühle, der Sorge um meine und die Zukunft meiner Tochter, meiner Minderwertigkeit, meiner Hilflosigkeit, meinem Grübelzwang, meiner Ängstlichkeit und im Besonderen meiner Schlaflosigkeit",

erwehren.

Das schwerste Gepäckstück in meinem Rucksack ist zurzeit jedoch mein quälender Zustand der *„latenten und akuten Selbsttötungsgedanken"*.

Vielleicht hatte meine Frau bereits geahnt, wie schwer mein Rucksack ist und hat mich deshalb als Ballast inkl. meinem Rucksack über Bord geworfen.

Bis zu der Entscheidung, wohin mich mein Weg führt, musste ich mich noch durch ein schmerzhaftes Zeitfenster und ein tränenreiches Tal der Ausweglosigkeit kämpfen.

Ich spreche von dem Zeitfenster, vom 21. November 2012 bis zum 5. August 2014. Lassen Sie mich zuerst, noch einmal den 12. Geburtstag meiner Tochter reflektieren.

Bereits mehrere Tage vor ihrem Geburtstag, mit Blick auf meinen Kalender, konnte ich mich selbst beobachten, wie meine Verzweiflung zunahm.

Ich hatte schon seit einigen Tagen, so gut wie keine Nahrung mehr zu mir genommen. Mit jedem Tag wurde mir bewusster, dass ich diesen besonderen Tag nicht mit ihr gemeinsam würde feiern können.

Nach allem, was ich in der Zeit des „Werdens" meiner Tochter an Ängsten und Hoffnungen durchleben musste, sollte ich jetzt, zum ersten Mal von ihrer Feier ausgegrenzt sein.

Ich wog nur noch 58 kg von vorher 91 kg, bei einer Körperlänge von 180 cm, und hatte den Eindruck, langsam, aber sicher zu verhungern.

In den letzten Monaten hatten mir meine Geister nahezu jeglichen Schlaf verweigert. Nur alle zwei bis drei Tage fiel ich vor Erschöpfung, für wenige Stunden, in einen von Albträumen begleiteten Kurzschlaf.

Ich hatte die Grenze meiner Kräfte erreicht.

Da ich den Geburtstag nur in meinem Herzen und meinen Erinnerungen mit ihr feiern konnte, hatte ich panische Angst, diese Feier mit ihr nicht mehr zu erleben.

Ich habe mich drei Tage vor dem Geburtstag zu meinem Hausarzt begeben und wollte mir Medikamente verschreiben lassen, die mich über die schweren Tage bringen sollten.

Ich bin direkt in der Praxis nicht nur zusammengebrochen, ich war auch als Mensch gebrochen. Somit hatten sich alle meine Wünsche nach Medikamenten und die Diskussion um diese mit meinem Arzt erledigt. Mein Arzt riet mir an, mich umgehend in die Obhut der Klinik zu begeben.

Ich sagte ihm, dass meine Tochter in drei Tagen Geburtstag hätte und ich diesen Tag garantiert nicht in der Klinik verbringen möchte.

Ich wollte wenigstens meinem geliebten Spatz am frühen Morgen, allein und ohne die von meiner Frau geladenen Gäste, gratulieren.

Es halfen mir weder meine Tränen und auch nicht mein Flehen, mein Arzt ließ mich direkt aus seiner Praxis mit dem Rettungswagen in die geschlossene Psychiatrie einliefern.

In diesem Moment habe ich das Handeln meines langjährigen Arztes meines Vertrauens, er behandelt mich schon seit meinem Herzinfarkt vor neun Jahren, als Verrat bewertet. In der Klinik war ich ja bereits ein bekannter Kunde.

Ich hatte auf meine sofortige Entlassung bestanden, jedoch musste ich mich vorerst der Weigerung der Klinikleitung beugen. Ich wurde als akut suizidgefährdet eingestuft.

Wäre ich nicht „freiwillig" geblieben, hätte die Klinikleitung einen richterlichen Einweisungsbeschluss erwirkt.

Ein solcher Beschluss hätte für mich eine Zwangsunterbringung von mindestens einem Monat bedeutet.

Also habe ich mich der „Freiwilligkeit und Erpressung" gebeugt. Meinen aufrechten Gang hatte ich ja bereits verloren.

Der verantwortliche Stationsarzt telefonierte am nächsten Tag mit meinem Hausarzt und dieser musste, mit seinen aus meinem Besuch in seiner Praxis gewonnenem Eindruck, die Einschätzung der Klinikärzte bestätigen.

Er informierte aber auch den Oberarzt von meinem Wunsch, meine Tochter an ihrem Geburtstag unbedingt besuchen zu wollen.

In der Klinik werden den Patienten nicht die Handys, sondern nur die Ladekabel abgenommen. Es soll schon vorgekommen sein, dass sich Patienten mit dem Kabel in der geschlossenen Psychiatrie erhängt haben.

Nachdem mir ein längerer Aufenthalt in der Klinik drohte, hatte ich in meiner Verzweiflung unverzüglich meinen Hausarzt angerufen und ihm direkt Verrat an mir vorgeworfen.

Mein Arzt erzählte mir, dass ein guter Freund von ihm Selbstmord begangen hatte und er sich nicht imstande sah, mir Hilfe, wenn auch durch die Fachärzte der Klinik, zu verweigern. Heute muss ich mich mit diesen Zeilen bei meinem Arzt entschuldigen und ich bin ihm dankbar, ihn als Arzt meines Vertrauens zu haben. Ohne ihn hätte ich vielleicht nie die Chance gehabt, Ihnen die Geschichte der wichtigsten 18 Jahre meines Lebens zu erzählen.

Sie hätten nie erfahren, welch wunderbare Frau meine Frau war, als sie noch andere Ansichten und ein anderes Leben hatte.

Am Vortag des Geburtstags meiner Kleinen, hatte ich ein erneutes Gespräch mit dem leitenden Arzt.

In dem Gespräch stand für mich der Besuch bei meiner Tochter auf dem Spiel und mir war bewusst, dass ich die Gefangenschaft an ihrem Geburtstag nicht überleben würde.

Es gibt auch in einer geschlossenen Psychiatrie Mittel, - Möglichkeiten und Wege -, seinen eigenen und freien Willen zur Selbsttötung umzusetzen.

Ich habe dem Arzt ehrlich meine Gefühlslage geschildert und ihm auch gesagt, dass ich meinen Freitod nicht ausschließen könne. Ich bat ihn, mit mir gemeinsam für einen kurzen Augenblick in meine Gefühlswelt einzutauchen und habe ihm Folgendes versucht zu erklären:

„Stellen Sie sich bitte vor, Sie hätten einen stetig wachsenden Gehirntumor,

der unentwegt auf ihr Schmerzzentrum drückt und ihnen unmenschliche Schmerzen verursacht.

Sämtliche Schmerzmittel und Narkotika können ihre Schmerzen nicht lindern und sie haben nur den einen Wunsch, von ihrer Qual erlöst zu werden.

Diese Schmerzen habe ich nunmehr seit vielen Monaten jeden Tag, jede Nacht, jede Minute und jede Sekunde in meinem Herzen und meiner Seele, und auch mir helfen die von Ihnen verordneten Psychopharmaka und Schlafmittel nicht."

Der Arzt hatte meinen freien Willen verstanden und sofort meine Entlassung veranlasst.

Ich musste ihm jedoch versprechen, dass ich mich nach dem Geburtstag meiner Tochter - am darauffolgenden Samstag und am Montag - bei ihm vorstelle.

Ich habe mein Wort gehalten und habe am Montag, den 26.11., mein vorerst letztes Gespräch mit ihm geführt.

Er hat mir eine Frage, die ich mir selbst beantworten sollte, mit auf den Weg gegeben.

„Ist das, was sie heute haben, weniger als nichts?".

Die Frage war schnell und auch einfach von mir zu beantworten.

„Ich habe meine Tochter und somit weit mehr als nichts."

Er hatte versucht mich, nach meiner Sehnsucht nach dem Tod, auszutricksen!

Die Frage hätte er mir an meinem letzten gemeinsamen Urlaubstag mit meiner damals noch existierenden Familie stellen müssen, als ich noch die Hoffnung auf eine gemeinsame Zukunft mit meiner kleinen Familie hatte.

Meine Antwort wäre gewesen, dass ich heute im Vergleich zu damals weit weniger als nichts habe.

Ich habe zwischenzeitlich meine Liebe, mein Kind, meine Hoffnungen und meine Zukunft verloren.

Ich habe 18 Jahre umsonst gelebt und muss zur „Belohnung", meine Tochter dem Ego meiner Frau überlassen.

Woher glaubte dieser Arzt, wo wohl meine Schmerzen herkämen? Ich hatte es geschafft und schlich mich wie ein Dieb am Morgen - mit Tränen in den Augen - in mein eigenes Haus und konnte somit meiner Tochter zu ihrem 12. Geburtstag gratulieren. Als meine Tochter mit meiner Frau und deren Gästen am Nachmittag feierte, saß ich schon seit Stunden unter meiner Dusche.

Die Geister meiner Depressionen hatten mich überwältigt.

Ich habe, so glaube ich mich zu erinnern, fast zehn Stunden in der Duschkabine gehockt, mit den von mir vorbereiteten Utensilien für meine finale Entscheidung.

Meine Schmerzen der Hoffnungslosigkeit und mein Restwille zum Überleben haben unablässig miteinander gerungen.

Die Geister auf meiner Seele hatten über meine Hoffnungslosigkeit gesiegt und somit beschlossen, mich noch weitere Schmerzen erdulden zu müssen.

Wenn auch mein Widerstand noch nicht gebrochen war, so spürte ich dennoch dass mein Ende nahte.

Bald kommt Heiligabend und ich bin mir sehr sicher, dass bis dahin mein Widerstand gebrochen ist und meine Geister gesiegt haben werden.

Schon am nächsten Morgen habe ich meinen letzten Willen niedergeschrieben und einen persönlichen Brief an mein von mir über alles geliebtes Kind geschrieben.

Den Brief werde ich bei einem meiner Neffen hinterlegen.

Sie wird den Brief lange nach meinem Ableben, zu ihrem 18. Geburtstag erhalten.

„Hallo lieber Spatz!

Heute ist dein 18. Geburtstag und Du bist in die Welt der Erwachsenen angekommen. Ich hoffe, Deine Mama nennt Dich immer noch unseren „großen Spatz" Vielleicht bist Du auch schon zum ersten Mal verliebt.

Ich wünsche Dir zu deinem Geburtstag viel Spaß im Kreis deiner hoffentlich vielen Freunde. Auch hoffe ich, dass Du gesund und glücklich bist.

Da Du nun mittlerweile „erwachsen" bist, möchte ich Dir heute gerne erklären, weshalb ich Dich vor Jahren „verlassen" habe und hoffe gleichzeitig, dass Du versuchst mich zu verstehen und mir vielleicht verzeihen kannst. Leider war ich in unseren letzten gemeinsamen Jahren nicht immer der Papa, den Du dir sicherlich gewünscht hattest.

Ich hatte die letzten Jahre in der Fremde gearbeitet und habe somit kostbare Zeit mit Dir verloren. Diese Zeit hat mich im Herzen und der Seele krank gemacht und gleichzeitig hatte ich viel zu spät erkannt, dass Deine Mutter einen anderen Weg für den Rest ihres Lebens gehen wollte. Ich kann mich an jede Sekunde an Deiner Seite erinnern. Immerhin hatte ich das große Glück, Dich fast 14 Jahre aufwachsen zu sehen. Ich bin für jeden dieser Momente dankbar und auch immer mächtig stolz auf Dich gewesen.

Ich hoffe, Du bist deinen beiden ersten „Lieben", dem Ballsport und deiner Leidenschaft für Eis, treu geblieben.

Ich hoffe, dass Du noch immer eine gute Schülerin bist und eines Tages eine sehr gute Lehrerin für Sport und Deutsch wirst. Wo immer ich auch bin, denke ich jeden Tag an Dich und beobachte deine tolle Entwicklung. Ich werde immer auf Dich warten, aber lasse dir ein langes Leben - mindestens 100 Jahre - Zeit.

Ich wünsche Dir, dass Du eines Tages der großen Liebe deines Lebens begegnest. Ich hatte in Person deiner Mutter das Glück, die große Liebe gefunden zu haben. Leider habe ich nicht immer meine große Liebe „gepflegt und gehegt". Eine Liebe kann nur leben, wenn man versucht, den anderen zu verstehen. Hier hatte ich oft Fehler gemacht und somit Dir und deiner Mama manchmal Kummer bereitet. Warum habe ich Dich verlassen?

Meine Liebe zu Dir und deiner Mama war so groß, dass ich ohne Euch beide nicht mehr sein wollte.

Als Du deinen zwölften Geburtstag gefeiert hast und ich das erste Mal nicht bei dir war, ist mein Herz leider für immer zerbrochen. Auch war meine Angst, dich danach nur noch selten zu sehen, einfach zu groß. Ich hätte dich noch sehr, sehr gerne auf deinem Weg begleitet und hätte mich auf meinen Schwiegersohn und meine Enkelkinder sehr gefreut.

Ich habe Fehler gemacht und dabei alles verloren, was mir im Leben wichtig war. Meine Liebe zu deiner Mama und deine Geburt waren das Schönste, was ich in meinem Leben erleben durfte und sind es wert gewesen, von euch gehen zu müssen.

Ich wollte diese glückliche Zeit mit Euch beiden für immer bewahren und in meinem Herzen einschließen. Ohne Euch konnte und wollte ich nicht weiterleben und musste daher von Euch Abschied nehmen.

Wenn Du eines Tages auch so unsagbar verliebt in deinen Mann bist, wie ich es in deine Mama war, passe besser auf Deine Liebe auf.

Lerne bitte aus den Fehlern deiner Eltern. Deine Mama und ich haben aus den Fehlern unserer Eltern leider nicht gelernt! Gehe bitte den Weg, den Du dir wünschst und auch wirklich gehen möchtest. Höre immer auf dein Herz und Du wirst ein glückliches Leben haben.

Du warst schon im Bauch deiner Mama besonders stark und hast uns beiden mit Deiner Geburt das größte Glück auf dieser Welt geschenkt. Wenn Du dein Glück gefunden hast, halte es ganz fest. Ich liebe Dich noch immer bis zum Mond und viel, viel weiter!

In Sehnsucht und ewiger Liebe, Dein Papa!"

Soeben wollte ich meiner Tochter wie jeden Abend per Telefon Gute Nacht sagen, ich hatte es beim Schreiben jedoch versäumt auf die Uhr zu sehen.

Es ist schon 21.05 Uhr und ich habe meine Tochter nicht mehr erreicht, sie ist sicherlich brav und pünktlich um 20.00 Uhr - wie immer - allein ins Bett gegangen. Meine Frau ist selbstverständlich nicht daheim, sie feiert heute eine Siegesparty.

Ihre Fraktion hat heute mit Erfolg, einen Aufsichtsratsposten beim örtlichen Energieversorger gerichtlich erstritten.

Im Anschluss wird sie sicherlich noch eine nächtliche „Wohnungsbesichtigung" haben. Verstehen Sie jetzt weshalb meine Kritik in Bezug auf die „Vernachlässigung" meiner Tochter, meiner Frau ein Dorn im Auge war und noch immer ist?

Heute ist Donnerstag, und sie war von den vier Tagen in dieser Woche immerhin an einem Abend bei meiner Tochter anwesend. Mitunter frage ich mich, was wir Väter uns in diesem Land noch alles gefallen lassen müssen.

Ich sollte vielleicht bei der Partei meiner Frau einen Antrag auf die Stärkung der Rechte von Vätern einbringen. *„Oh, ich glaube, meine Frau würde die Antragsannahme verweigern."*

Die Loopings auf meiner Achterbahnfahrt werden zunehmend weniger und ich hoffe bald auf einer geraden Strecke zu fahren.

Nach meinem letzten Zusammenbruch, am Geburtstag meiner Tochter, hatte ich beschlossen, meine Geschichte zu erzählen. Mit jeder Zeile die ich schreibe kommt ein Stück mehr Zuversicht für mich am Horizont auf.

Des Nachts besuchen mich zwar immer noch die Geister aber ich schaffe es, mir nunmehr 4-5 Stunden Schlaf pro Nacht zu erobern.

Wenn ich nicht schlafen kann, muss ich mich nicht mehr ununterbrochen meinen Schmerzen aussetzen, sondern setze mich an mein Mininotebook und fange einfach an, mein Leben zu reflektieren.

Ich versuche mir meine Träume, Hoffnungen und Ängste vor der Seele zu schreiben. Mittlerweile beginne ich Mut zu fassen und beschäftige mich immer weniger in meinen Gedanken mit meiner Frau.

Ich bin auf dem Weg zu der Erkenntnis, dass sie meine Liebe nie verdient hatte.

Drei Tage nach meinem Brief an meine Tochter habe ich meiner Frau meinen letzten Brief geschrieben.

„Hallo Liebe meines Lebens,

seit unserem letzten Urlaub haben wir beide sehr unterschiedliche Erfahrungen gemacht und sehr unterschiedliche Leben gelebt. Du hast dein Leben der letzten eineinhalb Jahre nach außen nahezu unverändert fortgeführt, jedoch mit der für Dich wesentlichen Veränderung deiner „alleinigen" Sicht auf deine Zukunft. Ich selbst habe versucht, gesund zu werden und einen neuen Weg zu finden.

Es sind seit meinem Auszug, aus unserem gemeinsamen Haus, zwischenzeitlich sehr viele Monate ins Land gegangen, die ich für Therapiegespräche nutze und in denen ich versuche, unsere gemeinsamen 16 Jahre besser zu verstehen. In den Gesprächen geht es neben meiner Erkrankung auch um Dich und unser gemeinsames Kind.

Mich selbst und meine Krankheit sehe ich inzwischen mit einem realistischen Blick auf meine eigene Zukunft. Dich selbst kann ich jetzt auch nur versuchen zu verstehen.

Im Besonderen wurde mir in den Gesprächen die Angst um unsere Tochter genommen und somit konnte ich eine Entscheidung treffen. Ich bin mir heute sehr sicher, dass sich unsere Wege schicksalhaft kreuzen sollten. Wenn ich meine Krankheit besiegen sollte, liegen noch gut zwanzig bis dreißig Jahre Leben vor mir! Ich weiß auch mittlerweile, dass ich den Rest meines Lebens nicht ohne Liebe leben möchte und kann.

Vielleicht dreißig Jahre ohne Liebe kann ich nicht ertragen, obwohl es deiner Mutter fast fünfzig Jahre so ergangen ist. Ich habe das tollste Leben gelebt, das ich mir wünschen konnte, und das ich mir immer erträumt hatte, wenn ich auch fast 40 Jahre darauf warten und hoffen musste.

Ich habe ein Leben ohne Sorgen gelebt, da es mir beruflich und wirtschaftlich immer gut ging.

Dass ich Dir begegnen durfte und dass Du mir unser Kind geboren hast, waren die größten Geschenke in meinem Leben.

Für diese Geschenke, bleibt meine Liebe zu Dir über meinen Tod hinaus immer unsterblich. 16 Jahre war ich der glücklichste Mensch auf dieser Welt.

Wenn deine Liebe auch in den letzten Jahren zu mir nach und nach verloren gegangen ist, hatte ich nie aufgehört Dich zu lieben. Von mir wird Dir immer etwas sehr Großes in Erinnerung bleiben! Wenn Du mich vielleicht nie geliebt hast, wird Dich unser Kind immer an unseren gemeinsamen Weg erinnern. Wenn es mir auch nicht gelungen ist, unser Glück festzuhalten, habe ich keinen einzigen Tag mit Dir und unserem Kind bereut.

Sicherlich könnte ich mir, wie Du es längst getan hast, ein neues Leben aufbauen. Ich habe beschlossen, meine Liebe zu Dir und unser Kind so in Erinnerung zu behalten, wie ich euch beide immer geliebt und im Herzen getragen habe.

An deinem 50. Geburtstag ist bereits ein Teil von mir gestorben. Sicherlich haben die Psychologen in den letzten Monaten versucht mir klar zu machen, dass mich meine Tochter schon sehr bald brauchen wird.

Sie ist neben Dir das Wichtigste auf der Welt für mich und allein für sich, ein Grund für mich am Leben festzuhalten. Lohnt es für mein Kind am Leben zu bleiben?

Wie würde aber die Wirklichkeit aussehen?

Da mir von meiner großen Liebe und meinem Leben nur meine Tochter geblieben ist, würde ich um sie kämpfen und somit an ihr zerren.

Du als Mutter würdest selbstverständlich auch an ihr zerren und somit bestünde die Gefahr, dass unser von uns beiden geliebtes Kind „zerrissen" würde.

Hier habe ich mich an die Geschichten vom König Salomon und dem kaukasischen Kreidekreis erinnert und beschlossen loszulassen.

Eines Tages wird mein Kind verstehen, dass ich sie nicht alleingelassen habe, sondern vielmehr aus Liebe loslassen musste.

Sollten mir meine Depressionen nicht jegliche Kraft rauben, möchte ich noch ein großes Vorhaben bis zum April des nächsten Jahres realisieren. Leider liegen aber die Tücken im Detail. Ich bin schon am letzten Geburtstag unserer Tochter fast zerbrochen!

Die nächste Herausforderung, die ich ohne mein Kind bestehen muss, liegt mit Weihnachten und Silvester schon sehr bald vor mir.

Ich werde versuchen, auch diese Einsamkeit zu überwinden, jedoch fehlt seit dem Geburtstag von unserem Spatz jegliche Energie, um über die Kraft der Selbstheilung zu mir zu finden. Was uns beide persönlich betrifft, habe ich Dir bereits alles anvertraut und gesagt. Ich werde ein Testament hinterlassen, das sicherlich sehr kurz ist. Unsere Tochter wird ca. 40.000 € aus meiner kleinen Lebensversicherung erhalten.

Hiermit bitte ich mein Kind, meine Beerdigung zu bezahlen, meine Wünsche habe ich in meinem Testament geregelt. Ich werde meinem Spatz eine Botschaft hinterlassen, die sie jedoch erst zu ihrem 18. Geburtstag von meinem Neffen erhalten wird. In dieser Nachricht geht es ausschließlich um mein Kind und mich.

An Dich persönlich habe ich nur eine Bitte! Ich möchte mein Ziel, den April des nächsten Jahres, noch gerne erreichen und bitte dich hiermit, mich bis dahin nicht weiter zu quälen. Halte dein neues Leben bis dahin noch von unserer Tochter fern. Zusätzliche Schmerzen kann ich nicht ertragen und Du selbst hast ja noch ausreichend Zeit für dein neues Leben. Um unsere Tochter selbst mache ich mir nicht mehr so viel Sorgen. Sie hat einen ehrlichen Charakter und wird ihren eigenen Weg gehen. Versuche ihr bitte zu erklären, dass ich sie bis zum Mond und noch viel weiter geliebt habe und über meinen Tod hinaus lieben werde. Ich liebe Euch beide mehr als mein Leben.

Eines Tages wirst Du dir vielleicht Vorwürfe machen. Jeder ist so, wie er ist, und Du bist sicherlich völlig anders! Du bist garantiert nicht die, die Du im Moment bist. In Wirklichkeit bist Du die, die ich immer anders gesehen und geliebt habe.

Dein Mann, im November 2012"

Wenn ich ehrlich zu mir bin und mir meine Depressionen keine Kapriolen spielen, wusste ich bereits seit dem letzten Geburtstag meiner Frau und meinem gleichzeitigen Aufenthalt in der Klinik, dass mich meine Frau längst aufgegeben hatte. Sie hatte mich schon im April, noch vor unserem letzten gemeinsamen Urlaub, „ad acta" gelegt.

Dennoch wollte und konnte nicht umhin und habe um meine Liebe zu ihr gekämpft.

Nach unserer räumlichen Trennung - am 16. November - waren wir drei das letzte Mal als Familie unterwegs.

Wir haben gemeinsam einen Shoppingausflug in die Großstadt unternommen und nach der Rückfahrt anschließend in meiner neuen Wohnung Kaffee getrunken. An diesem Tag habe ich noch immer den Traum von unserer kleinen Familie geträumt und ihr noch am gleichen Abend eine email geschickt.

„Hallo meine geliebte M.....Frau!

Danke es war sehr schön für mich, einige Stunden in deiner Nähe gewesen zu sein. Ich durfte in seine Augen schauen und habe ganz tief in Dir gesehen, dass auch Du die besonderen Momente aus unseren gemeinsamen 16 Jahren noch nicht vergessen hast. Ich bin mir auch sehr sicher, dass tief in deinem Herzen noch Gefühle und Liebe für mich vorhanden sind.

Ich werde die letzten Stunden mit Dir heute Abend mit in mein Bett nehmen und von Dir träumen.

Ich möchte deine Liebe, gerne aus der Tiefe deines Herzens wieder an die Oberfläche holen und deine Liebe zurückgewinnen. Wie wird mir dieses gelingen? Mit sehr viel Respekt, Anerkennung und Unterstützung für deine Aktivitäten. Und selbstverständlich mit sehr viel Liebe und Zärtlichkeit. Es gibt Tausende von Gründen, weshalb wir wieder zueinanderfinden sollten.

Unser kleiner Spatz braucht uns beide in einer glücklichen Familie vereint, um gestärkt und sorgenfrei in die Zukunft gehen zu können. Als "bessere" Familie wird in der Zukunft, für uns drei vieles einfacher und stabiler werden. Du hast Dir immer eine schöne Wohnung im Zentrum gewünscht und ich habe Dir leider erst sehr spät zugehört. Ich habe nicht umsonst eine schöne Wohnung in der Innenstadt gefunden.

Selbstverständlich kannst Du alles nach deinen Wünschen und deinem Geschmack umgestalten. Wie kann ein Neuanfang für uns drei aussehen?

Du musst einfach nur Vertrauen zu mir haben und mir glauben, dass ich aus meinen großen Fehlern gelernt habe. Ich verspreche Dir, dass ich dich in den nächsten 30 Jahren nicht mehr verletzen und enttäuschen werde.

Das schwöre ich, weil ich Dich und unseren Spatz sehr, sehr liebe.

Mittlerweile habe ich keine Angst mehr einen Neustart auch ohne meine kleine Familie zu wagen. Die Basis hierfür habe ich ja bereits gelegt. Ich bin mir aber sehr sicher, dass es der größte Fehler meines Lebens wäre, unsere kleine Familie auseinanderzureißen!

Eine große Liebe kann nicht sterben, sie muss nur gelebt und gepflegt werden. Das habe ich zwischenzeitlich verstanden!

P.S.: Ich freue mich auf unser erstes Sektfrühstück in unserem neuen Bett.

Dein M…..mann!"

Auf meine email hatte meine Frau selbstverständlich nicht reagiert.

Meine Depressionen hatten mir den Blick für die Realitäten vernebelt und mir nur weitere Qualen bereitet.

Wie von mir schon erwähnt, war ich in dieser Woche am Montag und Dienstag zu einem geschäftlichen Termin in die Schweiz gereist. Am Montagabend war ich mit den Geschäftspartnern zum Abendessen verabredet. Zu meiner Überraschung und Freude saßen mir nicht nur die zwei Geschäftspartner aus der Schweiz, mit denen ich verabredet war, gegenüber, sondern auch zwei weitere sehr wichtige Persönlichkeiten aus meinem Berufsleben. Alle vier integren Herren hatten von meiner schlechten Verfassung gehört und wollten mir ihre Unterstützung und Hilfe anbieten. Sie haben mir die ganze Nacht zugehört und mit mir meine Nöte und Ängste geteilt und versucht, mir Mut zu machen. Ihre These war relativ einfach von mir zu verstehen.

„Wenn Sie Ihre Frau nicht loslassen, dann werden sie tatsächlich von ihr auf dem Scheiterhaufen der verlorenen Seelen abgelegt.

Sie wurden von ihrer Frau schamlos ausgenutzt, betrogen, verraten und Sie hat sie mit ihrer Krankheit im Stich gelassen. Das sollte für Sie Grund genug sein, sie mit sofortiger Wirkung zu verachten."

Ich glaubte die Botschaft verstanden zu haben. Als ich heute Morgen am Nikolaustag meinen Rechner hochgefahren habe, erreichte mich von den vier Herren jeweils eine individuelle Botschaft als Feedback zu unserer gemeinsamen Nacht in der Schweiz und als „Mutmacher".

Nachfolgend möchte ich Ihnen zwei dieser Mails exemplarisch zur Kenntnis geben:

„Guten Morgen Herr …….

Herzlichen Dank für Ihr Erscheinen in der Schweiz. Es war für mich sehr wertvoll zu erfahren, wie es Ihnen geht.

Natürlich war ich überrascht ob gewisser terminierter Aussagen, aber da ich Sie als Person – so glaube ich zumindest – sehr gut einschätzen kann,

macht mir das weniger Angst als vielleicht anderen. Ich selbst bin ein überzeugter Vertreter einer möglichst großen Selbstbestimmung im Leben. Der Fremdbestimmungsgrad soll klein sein, dann kann sich ein Leben entfalten. In Ihrem Falle verstehe ich Sie, und wenn Sie zu dem Schluss kommen, dass Sie auf Ihr Selbstbestimmungsrecht auch in der aktuell größten Zerrissenheit Ihres Lebens beharren, dann kann ich das grundsätzlich nachvollziehen.

Ich habe bis gestern spät Ihre Zeilen gelesen, sie machen mich traurig, mitfühlend, sie waren aber fantastisch zu lesen. Verstehen Sie mich recht, hier hat ein Mensch aus seinem Herzen, ja vielleicht eben sogar aus seiner Seele heraus geschrieben. Dennoch – was Ihnen widerfahren ist, wünsche ich meinen größten Feinden nicht.

Aber es ist, und bitte verzeihen Sie mir diese Direktheit, etwas, über das schon viele Menschen hinwegkommen mussten.

Der Verlust der großen Liebe, die Angst, dass das Verhältnis zu Ihrem großen Spatz sich verändern wird, sind riesige Hürden. In Ihrem Falle, und da glaube ich Ihnen, das Allergrößte sogar.

Weil Sie eben derart stark lieben können, wie es nur wenig Menschen tun. Oscar Wilde hat einmal gesagt „Die Bücher, die von der Welt unmoralisch genannt werden, sind Bücher, die der Welt ihre eigene Schande zeigen".

Ich nehme an, dass der zweite Teil Ihrer Niederschrift dieses Bonmot dann ganz besonders trifft. Mit diesem Mail möchte ich mich nicht einreihen in die Gruppe von Menschen, die Ihnen nahe steht und die Ihnen Ihr Vorhaben ausreden möchte.

Tun Sie, was Sie tun wollen und müssen. Aber mir würde die Fortsetzung der Diskussion mit Ihnen fehlen. Insofern möchte ich Sie gerne in die Schweiz einladen, um mit mir an einem schönen Ort (Berge, Flughöhe, Luft) einen Winterspaziergang zu machen, gute Gespräche zu führen, doch auch etwas zu lachen und weiter über Ihre Situation zu reden. Ich bin also nicht der Schweizer „Ersatzpsychologe", (von denen haben sie genug um sich herum), sondern ich wäre einfach ein Freund, der mehr über Ihre Geschichte erfahren will als andere.

In diesem Sinne würde es auch mir viel bedeuten, wenn wir miteinander im Januar auf neutralem Boden (Schweizer Politik seit 1848) ein paar interessante und inhaltliche Stunden verbringen. 10./11. Januar (ab 14.00 Uhr Flughafen Zürich, oder St. Gallen), 14./15. Januar, 22./23. Januar Ich freue mich auf Ihre Antwort.

Stephan ………..

CH-9000 St. Galen"

„Hallo Herr ……..,

ich war und bin ehrlich erschrocken, wie sehr Sie das Ganze um Ihre Frau, Tochter, Familie in Mitleidenschaft gezogen hat. Sicher hilft es Ihnen nicht, wenn ich Ihnen nun auch noch Ratschläge gebe, wie man damit „besser" umgehen sollte. Wenn Ihnen das möglich wäre, hätten Sie es ja längst gemacht.

Trotzdem will ich Ihnen anbieten, wenn sie Unterstützung in irgendeiner Form benötigen, dass Sie sich jederzeit an mich wenden können.

Ich hatte sie, offen gesagt, so eingeschätzt, dass Sie einen Rückschlag, welcher Art auch immer, irgendwie meistern würden. Dass das bislang nicht geklappt hat, ist nun mal so. Ich wünsche Ihnen aber und glaube daran, dass Sie das schaffen. Nichts und niemand sollte die Möglichkeit haben, einen anderen Menschen zu zerstören. Und der Einzige, der das wirklich verhindern kann, sind Sie selbst.

Glück auf, Ihr Uwe ...."

Ich werde die Einladung in die Schweiz annehmen und freue mich auf die anregenden Gespräche.

Direkt nach meiner Rückkehr aus der Schweiz hatte mir meine Frau per SMS einen Terminvorschlag für ein Treffen auf neutralem Boden vorgeschlagen.

Ich wollte ja kein persönliches Treffen mehr mit ihr, ich habe mich jedoch im Interesse meiner Tochter auf den Termin eingelassen.

Ich werde nicht klüger und setzte mich immer wieder neuen Qualen aus.

Wir trafen uns auf ihren Wunsch hin in einem leeren, kalten und schlichten Café an der Peripherie unserer Stadt. Vor mehr als 16 Jahren, begann unsere gemeinsame Zeit in einem sehr ähnlichen Café. Absicht oder Zufall? Ein erneuter Versuch meiner Frau, mich zu demütigen und auf dem Scheiterhaufen der verlorenen Seelen abzulegen?

Vielleicht wollte sie aber auch nur nicht mit mir gesehen werden, es könnte ja für ihr Singleleben abträglich sein oder ihre vermeintlichen Freunde oder ihr Liebhaber haben ihr den Kontakt mit dem Vater ihrer Tochter untersagt. Sicher ist, dass wir uns nicht mit einem zärtlichen Kuss verabschiedet haben und unser Gespräch nicht mehr als fünf Minuten dauerte.

Die Dreistigkeit und Eiseskälte meiner Frau hat mich erschauern lassen. Sie wollte mir erneut weismachen, dass ihr Liebhaber keinerlei Rolle in unserer Trennungsphase spielte. Ferner erklärte sie mir, dass es für mich doch nicht so tragisch wäre, mein Kind in Zukunft nur noch selten zu sehen.

In den letzten fünf Jahren als Pendler hätte ich meine Tochter doch auch nur an den Wochenenden gesehen.

Sie hat bis zum heutigen Tage ignoriert, dass diese Zeit als Pendler und meine daraus resultierende Sehnsucht nach meiner Tochter und ihr, die Auslöser für meine Krankheit und meine Hoffnungslosigkeit waren. Wer selbst als Pendler seinen Lebensunterhalt verdient, kann meine Situation sicherlich nachvollziehen. Jeden Montag bin ich um 4.00 Uhr aufgestanden und habe mich um 5.00 Uhr auf den Weg ins Ruhrgebiet gemacht, direkt in mein Büro als Formatmanager und Leiter der Systemzentrale eines großen Unternehmens. Täglich bin ich in der Zeit von 7.30 Uhr bis mitunter 20.00 Uhr oder auch 21.00 Uhr, meinem sehr anspruchsvollen Job nachgekommen.

Am Abend bin ich dann direkt in mein sehr kleines und bescheidenes Appartement gefahren.

Sie dürfen mir gerne glauben, dass ich nach einem 13-stündigen Arbeitstag ohne Mittagspause, weder Kraft und Muse hatte soziale Kontakte zu pflegen.

Der schönste Arbeitstag der Woche war der Freitag, an dem ich mich im Regelfall pünktlich um 12.00 Uhr auf dem Heimweg zu meiner Familie machte. Die Heimfahrt zu meiner Familie war für mich immer der Motor, der mir mein Pendlerleben erträglich machte.

In den letzten zwei Jahren bin ich immer am Freitagnachmittag, in angespannter Erwartung vor unserem Haus vorgefahren. Wird es ein gutes und harmonisches Wochenende? fragte ich bei jeder Heimkehr.

In den letzten zwei Jahren, wurde ich beim Betreten unseres Hauses von meiner Frau sehr häufig mit einer provozierenden Bemerkung frontal „überfallen". Maximal an jedem zweiten Wochenende hatten wir ein normales Familienleben.

Vielleicht habe ich bereits hier, durch meine Krankheit auf Kleinigkeiten überreagiert.

Es ist aber auch gut möglich, dass meine Frau die Provokationen bewusst gewählt hatte, da sie ihren Ausstieg aus unserer Ehe bereits plante.

Ansonsten ging es ihr nur noch ums Geld. Hier hat sie ihrem Anwalt Lügen aufgetischt hat, die mich mehr als überrascht haben. Durch meine Krankheit fehlt mir seit August, die physische und psychische Kraft mein anspruchsvolles Business auszuüben. Wovon, glaubt meine Frau wohl, soll ich in Zukunft leben? Ist es ihr nicht genug, dass sie mir die Vergangenheit, Gegenwart und Zukunft zerstört hat? Alle meine Träume und Wünsche die ich in meine kleine Familie investiert habe, hat sie in nur wenigen Monaten pulverisiert.

Ich habe fast vierzig Jahre am Stück fleißig gearbeitet und werde nun zum Sozialhilfeempfänger, durch die flankierende Unterstützung einer sich auf dem Selbstfindungstrip befindenden Egomanin.

Es ist ihr gelungen, alle meine Hoffnungen sterben zu lassen.

Ich habe ihr von meiner Kurzreise in die Schweiz berichtet und versucht ihr zu erklären, wie wichtig Werte wie Integrität und Loyalität sind und ihr dringend empfohlen, ihre vermeintlichen Freunde und ihren Liebhaber auf den Prüfstand zu stellen.

Sämtliche ihrer neuen Freunde, hatten meine Frau in ihrer Trennungsabsicht bekräftigt obwohl keiner dieser Freunde mich persönlich kennt oder den Versuch unternommen hat, mit mir das Gespräch zu suchen oder sich als Moderator für eine mögliche Versöhnung angeboten hat.

Ein einziger ihrer engen Freunde hatte aus seiner Sicht ein „ehrliches" Motiv, er wollte meine Frau zu seiner Geliebten machen, was ihm ja auch gelungen ist. Meiner Frau wünsche ich, dass sie nicht zur „Dienerin" aus Eitelkeit geworden ist und nur noch nutzenorientiert denkt.

Sie sollte lieber durch das Fegefeuer der Eitelkeiten gehen und dadurch zu ihrem alten Wesen mit den anderen Augen zurückfinden.

Sie hätten ihren Blick sehen sollen, als ich mich nach diesem kurzen Treffen in dem „Café der eisigen Kälte" verabschiedete.

In ihren Augen habe ich den blanken Hass auf mich gesehen.

Sie machte mich für ihren Irrweg verantwortlich und unterstellte mir in diesem Café, ich würde eine Schlammschlacht lostreten.

Ich bin trotz meiner Fehler, immer auf einer asphaltierten und geraden Straße gelaufen.

Meine Frau hingegen, ist in den letzten zwei Jahren nur durch Morast gewatet und hat mich in den letzten drei Monaten unentwegt mit Schlamm beworfen. Täglich warte ich auf eine Unterlassungsklage von ihr.

Ich habe meine Frau davon in Kenntnis gesetzt, dass ich diese Erzählung schreibe. Nachdem mir meine Frau alles genommen hat, woran ich je geglaubt habe, und nach den vielen Ängsten um meine Tochter sowie meiner unerschütterlichen Liebe zu ihr, meint sie immer noch, mich unter Druck setzen zu können und mir das Schreiben untersagen zu dürfen?

Habe ich Ihnen schon die Geschichte, zu dem von meiner Frau gewünschten zweiten Kind erzählt?

Nach der Geburt unserer Tochter wünschte sich meine Frau ein zweites Kind von mir, sie wollte nicht, dass unsere Tochter als Einzelkind, wie ihre große Tochter aufwächst.

Ein logischer und auch vernünftiger Wunsch. Zu dieser Zeit war meine Frau bereits 40 und ich 47 Jahre alt.

Nach der schweren Geburt meiner Tochter sagte mir meine Frau, bei einer zweiten Schwangerschaft müsse ich mich dann mehr um die Haushaltsarbeiten kümmern.

Dieses hatte ich kategorisch abgelehnt. Somit wurde ihr Wunsch ad acta gelegt.

In den folgenden elf Jahren nach der Geburt unserer Tochter musste ich mir mindestens 100 Mal den Vorwurf gefallen lassen, ich hätte ihren Wunsch nur aus Bequemlichkeit nicht erfüllt.

Man könnte sicherlich denken, was für ein egozentrischer Macho ich doch bin.

Der wahre Grund meiner „Verweigerung", für das von meiner Frau gewünschte zweite Kind, hatte sich ihr nie erschlossen.

Nach den dramatischen Monaten und meinen sehr großen Ängsten in Bezug auf die Geburt meiner Tochter, wollte ich unser Glück schlichtweg nicht noch einmal herausfordern und unsere kleine Familie vor einer möglichen Wiederholung dieser schweren Zeit schützen.

Beim Erzählen meiner Geschichte bin ich überrascht, dass ich sämtliche Zeichen und Signale in Bezug auf die Veränderung meiner Frau nie gesehen habe oder vielleicht nicht sehen wollte.

Zwei Jahre vor unserem letzten Urlaub, waren wir gemeinsam mit der Familie ihrer damals noch besten Freundin, sie hatten sich auf der Geburtsstation in unserem Krankenhaus kennengelernt, für 14 Tage in Italien im Urlaub. Wir, aber im Besonderen meine Frau und Tochter, wurden von ihrer besten Freundin und deren Familie über den gesamten Zeitraum des Urlaubs regelrecht ignoriert und geschnitten. Wir wurden wie die Pest und Cholera gemieden.

Meine Tochter war zu diesem Zeitpunkt neun Jahre alt und mit dem einem der Söhne, der besten Freundin, befreundet. Auch meine Tochter wurde von ihrem Freund geschnitten und gemieden. Die Gründe für dieses Verhalten habe ich nie erfahren.

Nach einer angemessenen Frist, hatte meine Frau den Kontakt, was ich überhaupt nicht verstehen konnte, wieder aufgenommen. Meine Tochter ist hier deutlich weniger wankelmütig, sie hat bis heute ein eher distanziertes Verhältnis zu ihrem ehemaligen Freund.

An Weihnachten hat mir meine Tochter verraten, dass sie mit ihrer Mutter Silvester bei diesen „tollen Freunden" feiern wird. Der aktuelle Liebhaber meiner Frau ist verheiratet und kann sich nicht, ohne sich bei seiner Ehefrau zu verraten, an Silvester zu meiner Frau bzw. seiner Geliebten schleichen.

Jetzt jedoch zu den konkreten Gründen, die meine letzten Hoffnungen haben sterben lassen.

Seit April hatten wir in unserer Ehe und Liebe eine nicht zu leugnende Krise, an der ich meine Schuld und Last trage und auch nicht von mir weisen kann.

In dieser Phase habe ich aufgrund meiner Krankheit häufig überreagiert oder sogar falsch und unsensibel agiert.

Wenn ich das Gespräch mit meiner Frau gesucht habe, oder ihr viele Nachrichten per SMS oder auch handschriftlich zukommen ließ und dabei das eine oder andere Wort nicht richtig gefunden habe, habe ich zumindest versucht, einen Weg aus unserer Krise zu finden.

Seit April bis zu meinem Auszug Anfang November hat sich meine Frau keiner konstruktiven Diskussion mehr gestellt.

Heute kenne ich ihre Beweggründe, sie hatte mich schon im April ausgemustert und mir bis zum August eine bühnenreife Komödie zum Besten gegeben.

Ein Beispiel hierfür war unser letzter Familienurlaub im August.

Konnte und musste ich erahnen, oder gab es von ihr Signale, die mich bereits früher hätten erkennen lassen müssen,

dass ich in meinem Kampf um unsere Liebe und Familie bereits auf verlorenem Posten stand?

Meine Gefühlswelt war zu diesem Zeitpunkt bereits in einen Strudel geraten und ich habe vermutlich aus Selbstschutz oder Naivität versucht „das rettende Ufer" zu erreichen.

Nein, auch im Juli hatte sie mir noch ein Signal als Nahrung für meine Hoffnung gesendet.

Anfang Juli, anlässlich meines Geburtstags, ich mochte aufgrund unserer Krise keine Geburtstagsparty mit Freunden bei uns zu Hause feiern, wollte ich mit meiner kleinen Familie und selbstverständlich mit „unserer" großen Tochter Abstand von unserer Krise und unserem normalen Umfeld gewinnen.

Daher lud ich uns alle zu einem Wochenende nach Bochum ein.

Gemeinsam besuchten wir das Musical Starlight Express und allen gefiel die Vorstellung sehr gut. Kurz, wir hatten unseren Spaß.

Unsere Kleine übernachtete dann bei ihrer großen Halbschwester, die mittlerweile in NRW wohnt.

Meine Frau und ich gingen zum Abendessen in die Innenstadt von Bochum in ein Restaurant, und im Anschluss bummelten wir noch durch die Kneipenlandschaft der Stadt.

Zum Abschluss fuhren wir beide in mein Pendlerappartement in Bochum und verbrachten eine gemeinsame und schöne Nacht.

Mein Geburtstag und unser gemeinsamer Urlaub ließen mich, auf eine Chance für unser gemeinsames Glück als Familie hoffen. Hatte ich die Signale erneut falsch gedeutet?

Mit ihrem letzten Täuschungsmanöver hat sie mich ausgetrickst und letztlich auch „körperlich", wie ein altes Möbelstück, aus unserem Haus und ihrer Nähe entsorgt.

Sie hatte mir ja nach einer räumlichen und befristeten Trennung, einen Neustart in Aussicht gestellt. Ich habe ein Zeichen meines guten Willens setzen wollen und sofort über einen persönlichen Kontakt eine der schönsten Wohnungen in unserer Stadt gefunden.

Drei Zimmer mit einer Top-Ausstattung in einer wunderschönen Stadtvilla, direkt in der Stadtmitte.

Die Wohnung habe ich liebevoll und heimlich nach den mir bekannten Wünschen meiner Frau eingerichtet.

Auch das Zimmer für meine Tochter habe ich nach ihren Wünschen eingerichtet.

Mein heimlicher Traum war es, dass sich meine Frau besinnt und sich von ihrem noch relativ frischen Liebhaber trennt und mit meiner Tochter zu mir zurückkehrt.

Von meiner Seite war noch, trotz der vielen Lügen und dem Verrat meiner Frau, ausreichend „Restliebe" vorhanden.

Ich hätte den Mut gehabt, mit ihr einen Neustart zu wagen, und hätte ihr ihren Irrweg verziehen. Aus meiner heutigen Sicht schäme ich mich selbst für meine Naivität! Sie hatte mich bösartig vorgeführt, um für ihre Pläne Zeit zu gewinnen.

Mit den hier geschriebenen Zeilen ist meine letzte Hoffnung in einem kalten Nebelschwaden verschwunden. Selbst ohne Hoffnung, glüht immer noch ein Funken Liebe in mir für meine Frau.

Sollte sie eines Tages ihren Weg zurück finden, ob es auch Jahre dauert, weiß sie, dass sie nicht allein sein wird.

Unsere Liebe kann zwar unter Trümmern liegen, aber sie findet immer eine Möglichkeit, ein wenig zu atmen und zu überleben. Die Hoffnung stirbt zuerst, aber nie ganz.

Heute ist Freitag und somit der fünfte Tag der Woche. Meiner Frau ist es gelungen, dass meine Tochter diese Nacht bei einer Freundin nächtigt und somit ist für meine Frau eine stressfreie Nacht mit ihrem Liebhaber gesichert.

Bin ich eifersüchtig und oder gekränkt?

Nein, es ist nur die grenzenlose Enttäuschung über ihren schamlosen Verrat.

Mit „Fünfzig" ist sie mittlerweile, wie man denken sollte, erwachsen und kann ihre Leidenschaft und Sexualität ausleben mit wem auch immer.

In den Jahren meiner Liebe hatte ich weibliche Eigenschaften angenommen.

Ich konnte meine Frau nur „lieben", wenn ich sie liebte.

Meine Frau hingegen beschwerte sich des Öfteren bei mir, wenn ich mich nach einem Streit im Ehebett verweigerte. Als wir im Urlaub unseren letzten Sex hatten, übernahm auch hier meine Frau die Initiative und sagte zu mir, wir können ja auch Sex ohne Liebe haben. Ich bin ihr wohl in den letzten zwei Jahren, auch bedingt durch meine Depressionen, die häufig auch zu einem „Libido Verlust" führen, in Bezug auf meine ehelichen Pflichten nicht mehr aktiv genug gewesen und habe ihr hier vielleicht ein Motiv für ihre „Besichtigungen" geliefert.

Sie hat es nunmehr geschafft, in dieser Woche meine Tochter an vier von fünf Tagen nicht zu sehen. Ich denke, ich werde meinen Antrag auf die Stärkung der Rechte von Vätern nicht bei der Partei meiner Frau einbringen und mich vertrauensvoll an ihre Konkurrenz wenden.

Zwischenzeitlich hat sie sich eine neue und perfide Strategie ausgedacht, um mich weiter in Richtung meines Endes zu treiben.

Am Samstag, auch am Abend um 22.30 Uhr, und Sonntag konnte ich meine Tochter zu Hause telefonisch nicht erreichen.

Ich habe dann am Sonntagnachmittag versucht, meine Frau auf ihrem Handy zu erreichen, was jedoch völlig aussichtslos war.

Sie reagiert nicht auf Anrufe und SMS von mir. Per Mailbox habe ich sie gebeten mir Auskunft zu erteilen, wo meine Tochter die gesamte Zeit war und mit wem sie Umgang pflegen muss. Auf eine Reaktion habe ich vergebens gewartet.

Meine Frau entzieht mir mit Vorsatz meine Tochter, um sie unbehelligt instrumentalisieren zu können.

Heute, am Sonntagabend, habe ich meine Tochter endlich erreicht.

Sie wurde, nachdem sie vom Freitag auf Samstag bei einer Freundin war, von Samstag bis Sonntagabend zu einem ihrer anderen Freunde abgeschoben.

Von sieben Tagen hatte sie sich immerhin an einem Tag um unsere Tochter gekümmert. In diesem Monat, hat mir meine Frau immerhin ganze fünf Stunden Kontakt mit meinem Kind zugebilligt.

Drei Stunden Weihnachtsmarkt, eine Stunde Tennis und am 7.12. ein nachträglicher Nikolauskontakt von 45 Minuten.

Meine Frau schafft es, mich kontinuierlich weiter zu schwächen.

Verloren
Nachdem ich nun wusste, mit welchen unlauteren Mitteln meine Frau kämpft, deckte ich anschließend mehr Verrat auf, als mir „lieb" sein konnte. Den nachfolgend beschriebenen Verrat, empfand ich als besonders verwerflich. Kurz nachdem ich meinen ersten Zusammenbruch erlitten hatte und mit der deprimierenden Diagnose aus der geschlossenen Psychiatrie entlassen wurde, fing mich meine Frau an mich auszuspähen. Sie hat von meinen sämtlichen Accounts die Kennwörter ausspioniert. In meiner ersten Wut und Enttäuschung wollte ich umgehend zur Polizei gehen und Strafantrag stellen. Meine Tochter hatte auch hier den Eklat mitbekommen und mich gebeten, ihre Mutter nicht anzuzeigen. Heute ist Samstag und ich hatte eine komplett schlaflose Nacht.

Zu meiner großen Überraschung,

haben mich meine Geister nicht aufgesucht. Vielmehr hatte ich eine Flut von bunten Bildern aus meinen wichtigsten Lebensabschnitten im Kopf.

Die ersten Schatten auf meiner Seele machen langsam Platz für das Licht. Fange ich an loszulassen, oder lande ich doch im „Nirgendwo"?

Meine Krankheit hat sich parallel zur Wesensveränderung meiner ehemaligen Sonne entwickelt.

Heute habe ich von ihrem Anwalt, die längst erwartete Post in Bezug auf die Abgabe einer Unterlassungserklärung erhalten. Was habe ich zu verlieren, wenn ich die Wahrheit sage? Nichts! Ich habe alles, was mir lieb war, durch Täuschungen, Lügen und den Verrat meiner Frau verloren. Ferner liegt auf meinem großen Scherbenhaufen zwischenzeitlich auch meine Gesundheit. Ich habe meine Arbeit und mein Einkommen verloren und werde für den Fall, dass ich jemals gesund werde, mit 58 Jahren keinen beruflichen Anschluss mehr finden.

Für unser Haus, in dem meine Frau und Tochter noch wohnen, kann ich ab dem 1.3.2013 das hohe Darlehen nicht mehr bedienen.

Zum gleichen Zeitraum werde ich in die Privatinsolvenz gehen müssen. Nach fast 40 Berufsjahren werde ich zum Sozialfall.

Meine Depressionen verursachen mir täglich mehr als genug Ängste und somit kann man mir nicht mit einer Bedrohung durch eine Unterlassungsklage zusätzliche Ängste bereiten. Womit will sie mir drohen? Mit einer Schadenersatzklage?

Meine Frau hat mich lang genug getäuscht, ausgenutzt und verraten, um ihr neues Leben in den vergangenen zwei Jahren „heimlich" vorzubereiten.

Ich bin in jeder Beziehung am Ende und daher läuft jede Drohung bei mir ins Leere. Von meinem Leben ist mir nur die Wahrheit geblieben.

Was will mir meine Frau noch zusätzlich nehmen?

Das Einzige, was ich noch zu bieten habe, ist mein Ableben.

Ich kann Ihnen nicht sagen, wie ich Weihnachten verkraften werde, aber mir ist bewusst, dass ich bis dahin meine Geschichte erzählt haben muss.

Meiner verlorenen Seele bleibt als Vermächtnis nur die Erkenntnis, dass eine große Liebe auch große Risiken in sich birgt.

Relativ entspannt habe ich dem Anwalt meiner Frau heute wie folgt geantwortet.

„Sehr geehrter Herr Rechtsanwalt,

Ihr Schreiben vom 14.12.2012 in Sachen "Unterlassungserklärung" wurde durch die Kanzlei ……… an mich weitergeleitet (Eingang bei mir am 19.12.2012).

In dieser Angelegenheit habe ich die Kanzlei ………… mit keiner Vertretung (Mandat) beauftragt.

Bitte richten Sie sämtlichen Schriftverkehr direkt an mich.

Bitte teilen Sie mir mit, welche Passagen in meiner Erzählung aus ihrer Sicht nicht durch die Meinungsfreiheit abgedeckt sind oder wo etwaige Persönlichkeitsrechte von "öffentlichen" Mandatsträgern tangiert werden. Ferner wird in der Erzählung keine Schmähkritik geübt und es steht auch nicht die Diffamierung einer einzelnen Person im Vordergrund.

In der Erzählung geht es in erster Linie um eine Liebesgeschichte und das Thema Depressionen.Sollten Sie an der künstlerischenFreiheit, der Meinungsfreiheit oder den Persönlichkeitsrechten einer "öffentlichen" Person in einzelnen Passagen einen konkreten Anlass sehen, die eine "Unterlassung" spekulativ rechtfertigen könnten, dann senden Sie mir die von Ihnen gerügten Passagen an meine postalische Anschrift.

Selbstverständlich steht es Ihnen frei, in der Angelegenheit ihre Mandantin zu beraten.

Ihre Kostennote für die Beratung ihrer Mandantin weise ich hiermit ausdrücklich zurück, da ich die von Ihnen gewünschte Unterlassungserklärung ohne die von Ihnen zur Verfügung gestellten, "gerügten" Passagen und einer angemessenen Frist zur Prüfung bis zum 21.12.2012 nicht abgeben werde.

Für den Fall, dass ich die Unterlassungserklärung nach Vorlage der von Ihnen gerügten Passagen und einer angemessenen Frist für eine juristische Prüfung durch die von mir beauftragte Kanzlei ablehne, ist ihre Kostennote bis zu einem rechtskräftigen Urteil gegenstandslos.

Meine von mir getrennt lebende Ehefrau wurde über mein Buchprojekt von Beginn an regelmäßig mit den Inhalten meiner Erzählung „versorgt". Ferner habe ich meiner (Ehe)Frau ebenfalls und transparent mitgeteilt, dass ich meine Erzählung veröffentliche.

Frau ………. hatte mehr als ausreichend Zeit, ihr Veto bzw. „Einsprüche" anzumelden.

Hochachtungsvoll …."

Da ich meine Tochter im Zeitraum vom 1.12. bis einschließlich heute den 20.12. insgesamt nur vier Stunden gesehen hatte, wandte ich mich vor einigen Tagen vertrauensvoll an das Jugendamt, mit der Bitte, eine Besuchsregelung für die Feiertage zu moderieren.

An diesem Gespräch hat meine Noch-Ehefrau selbstverständlich teilgenommen.

Hier hat meine Frau zu meiner großen Überraschung, ihren letzten Joker ausgespielt. Sie wollte das Jugendamt zu verstehen geben, dass sie mir meine Tochter aufgrund meiner Erkrankung ohne „Beaufsichtigung durch eine Begleitperson" nicht anvertrauen könne. Sie setzt nunmehr alles auf eine Karte, um mein finales Ende zu forcieren.

Von dem Krankheitsbild der Depression geht keinerlei „Gefahr für Dritte" aus, vielmehr ist hier der Patient ausschließlich selbst betroffen. Ich habe sofort nach dem Besuch beim Jugendamt mit dem Leiter der Klinik telefoniert und dieser wird gerne ein entsprechendes Gutachten für das Jugendamt fertigen, aus dem eindeutig hervorgeht, dass ich jederzeit einen „gefahrlosen" Umgang mit meiner Tochter pflegen kann.

Durch ihr permanentes Taktieren und den ständigen Druckaufbau durch ihren Anwalt, erreicht sie bei mir eher das Gegenteil und ihre Strategie wird für sie nicht aufgehen.

Zwischenzeitlich ist mein Wille zu kämpfen erwacht und ich werde nicht von der Bühne des Lebens abtreten, solange ich nicht die komplette Wahrheit transparent erzählt habe.

Mit dem Jugendamt hatten wir eine einvernehmliche Regelung für die Weihnachtsfeiertage getroffen.

Den Heiligen Abend habe ich bei meiner Tochter, ihrer Mutter und deren Bruder in meinem „ehemaligen" Haus gefeiert. Meine Tochter fragte mich gleich bei meinem Eintreffen, wie mit dem Jugendamt vereinbart, ob ihr Onkel im Keller bleiben müsse. Da ich die Feier für mein Kind nicht zusätzlich belasten wollte, habe ich meinen „Schwager" selbstverständlich aus seinem Kellerverlies befreit.

Wir haben gemeinsam Skibo gespielt und sind dadurch nicht in die Verlegenheit geraten, miteinander reden zu müssen.

In der Vergangenheit hatten wir als Familie, zur Bescherung ein immer gleiches Ritual. In der Regel hatte ich die Rolle als Weihnachtsmann übernommen und durfte aus dem großen Sack die Geschenke verteilen.

Jedes beschenkte Familienmitglied musste mit dem Erhalt seines Geschenks ein Gedicht oder ein Weihnachtslied zum Besten geben.

Meine Tochter hat sich trotz der neuen Situation am Heiligen Abend sehr tapfer geschlagen.

Sie hat sich als Weihnachtsmann verkleidet und so das Ritual aus den vergangenen Jahren am Leben erhalten. Ich war von der Klugheit meiner Tochter mehr als überrascht und sehr stolz auf sie gewesen.

Es hat am Heiligen Abend keinerlei Misstöne gegeben und alle Beteiligten haben sich bemüht, ein fast normales Weihnachtsfest zu feiern.

Zum Schluss gab es noch den traditionellen Kartoffelsalat mit Würstchen.

Um 20.30 Uhr habe ich mich dann, mit einem fast guten Gefühl auf meinen „Heimweg" gemacht, zumal ich mich schon auf den Besuch meiner Tochter am zweiten Weihnachtsfeiertag bei mir freuen durfte.

Einbahnstraße

In den letzten Monaten und Jahren habe ich meine Liebe mehr und mehr in einer Einbahnstraße gelebt und von meiner Frau täglich weniger Liebe erfahren dürfen. Meine Liebe ist nach und nach verhungert. Am Ende meiner großen Liebe würde ich meine Frau gerne fragen, ob sie mich jemals geliebt hat. Ich werde ihr diese Frage jedoch niemals stellen, da ich Angst vor ihrer Antwort habe. In diesem Fall ist es für mich leichter, mit einer unbeantworteten Frage und einer möglichen Illusion weiterzuleben.

Ich habe einen Halbbruder, zu dem vor vielen, vielen Jahren der Kontakt abgebrochen ist. Als er noch klein war und ich als 11 Jahre älterer Bruder mit ihm gemeinsam die Spielplätze in Berlin „unsicher" gemacht habe, hatten wir sehr viel Spaß miteinander und ich konnte mich als großer Beschützer aufspielen.

Am 17.09.2000 schenkte mir mein „kleiner" Bruder ein von ihm selbst verfasstes Gedicht.

Leider erinnere ich mich nicht mehr, zu welchem Anlass ich dieses Geschenk erhalten habe. Das Gedicht hat mein Bruder in Erinnerung an unsere gemeinsame Kindheit geschrieben. Das Gedicht habe ich in den vergangenen 12 Jahren mehrmals gelesen. In meiner Angst, von meiner Frau nie geliebt worden zu sein, ist mir das Gedicht meines Bruders ein Beweis dafür, dass ich für einen kurzen Moment mindestens einmal aufrichtig in meinem Leben geliebt wurde.

„Drachen am Tor

Schritte meines vierten Sommers tanzten im Schatten meines Bruders Lauf.

Von seiner Hand selbst gebaute Drachen nahmen selbstglühende Flauten in Kauf.

Heißer Tage schwacher Brisen Kind, letzter Tage Kindheit wachend, herbstverachtend,

riefen selbst den Wind.

Achtlos festgebunden, altes Gartentor

Sirrendes Klagen

straff gespannte Leine

Durchflutete mein Ohr

Aus Plastikfolie und Leisten schraubte sich empor   Passagierflugzeuge kreisten,

Bariton der Sternmotore dröhnend,

damals noch nach Tempelhof

Propellern höhnend meines Bruders

Banner am Himmel dieser Stadt

Ein Quadratmeter Schmerz hoch über Berlin

der die Welt anschrie

Ich durfte bei dir sein

An diesem Tag bekamst du mein Herz

Diese Zeilen betrachtend Frischt

ein Wind aus Sommer auf

Ein Drachen aus Papier und Tinte,

zeitverachtend, flattert nur für dich,

noch einmal, zu den Wolken hinauf."

Sterbende Liebe
Worin besteht der Unterschied zwischen der unsterblichen und sterblichen Liebe?

Gerne bin ich an dieser Stelle bereit, dass große Geheimnis in Verbindung mit dem Ende meiner Erzählung zu lüften. Zum Ende meiner Erzählung und Zeitreise, rase ich ungebremst auf das Unvermeidbare zu.

Ich habe den Sicherheitsgurt abgeschnallt und den Airbag abgeschaltet.

Trage ich Schuld am Scheitern meiner unsterblichen Liebe?

In den letzten Jahren habe ich mehr und mehr geglaubt, der Verantwortliche zu sein.

Nach dem Erzählen meiner Geschichte und aus den Gesprächen mit meinen Psychologen und Psychiatern, habe ich nunmehr eine transparente Sicht auf die Wirklichkeit.

Mein einziges „Versagen" liegt darin, dass ich durch die in meiner Geschichte beschriebenen Umstände krank geworden bin und die verwerfliche Vorgehensweise meiner Frau und der Mutter meines Kindes nicht früher „entlarvt" hatte. Der Volksmund sagt, dass Liebe blind macht. Richtig, ich bin fast zwei Jahre völlig erblindet gewesen. Oder hatte ich Angst vor der Wahrheit und habe mich deshalb beharrlich geweigert, meine Augen zu öffnen? Sie hat sich in den vergangenen zwei Jahren ein Parallelleben aufgebaut und mich aus ihrem neuen Leben mit Vorsatz und Berechnung ausgegrenzt.

Meine Frau hatte unsere Liebe und Ehe bereits spätestens im April aufgegeben und mich bis zum offiziellen Ende im August nur noch als geduldete Interimslösung genutzt oder vielleicht sogar ausgenutzt.

Sie ist fremdgegangen und hat mich trotz ihres Wissens um meine Krankheit, in meiner schwersten Zeit schamlos im Stich gelassen.

Meine Frau hat hier nicht die Auswirkungen auf unsere Tochter und unsere wirtschaftliche Zukunft reflektiert, sie hat aus purem Egoismus gehandelt.

Für den Untergang unserer Liebe trägt allein meine Frau die Schuld.

Wut

Vorab möchte ich Ihnen meinen „gelungenen" Start ins Jahr 2013 „schmackhaft" machen. Wenn es um die Interessen meiner (Noch)Ehefrau geht, handelt sie nicht nur herzlos sondern auch besonders skrupellos. Sie kann in ihrem zerstörerischen Egoismus auch naiv, blauäugig und fahrlässig handeln. Ich habe kurz vor unserer räumlichen Trennung sämtliche Verbindlichkeiten auf mein alleiniges „Konto" genommen.

Zum Beispiel habe ich unseren gemeinsamen Dispokredit in Höhe von fast 10.000,00 € zu meinen Lasten ausgeglichen. Zusätzlich habe ich sichergestellt, dass ich sämtliche Kosten einschließlich der hohen Belastung für unser gemeinsames Haus bis zum 30.04.2013 bezahlen kann. Hiermit wollte ich sicherstellen, dass wir unser Haus bis zu diesem Zeitpunkt „Stressfrei" verkaufen können.

Mein Ziel war es, das meine Frau nicht in die private Insolvenz gehen muss und ich mein Kind vor weiteren Belastungen schützen kann. Ohne sich der Auswirkungen bewusst zu sein, hat meine Frau mit Wirkung ab dem 1. Januar ihre Steuerklasse auf „getrennt lebend" geändert, um sich einen steuerlichen Vorteil von ca. 120,00 € pro Monat bei ihrem Einkommen zu verschaffen.

Ursprünglich wollte meine Frau, dass von ihr ungeliebte Haus bereits im September „aufgeben" und in eine Stadtwohnung ziehen. Mittlerweile sind wir bereits am Ende des Januars angelangt und meine Frau hat weiterhin ihren Auszug verzögert.

Hier handelt sie, wie sie meint, sehr clever.

„Mein Ex-Mann zahlt und ich spare mir die Miete und Nebenkosten für die neue Wohnung."

Durch ihre Steuerklassenänderung werde ich bereits im Januar 770,00 € netto weniger verdienen. Heute habe ich mit Hilfe der Caritas meine private Insolvenz „einleiten" müssen.

Meine ehemalige Liebe ist sehr fantasievoll und kreativ bei ihren kontinuierlichen Versuchen, meine Depressionen zu verstärken.

Ihr Anwalt setzt mich mit Billigung und Vorsatz meiner (Noch) Ehefrau weiterhin mit Lügen und dem Versuch einer erneuten Unterlassungsklage, in vier verschiedenen und dilettantischen Varianten, in Bezug auf die Veröffentlichung meiner wahren Erzählung unter Druck.

Sie lässt nichts unversucht, mich beim Jugendamt durch ungerechtfertigte Behauptungen zu diskreditieren.

Auch versucht sie mich, an der Teilnahme an den Elternsprechtagen meiner Tochter massiv zu hindern.

Sie handelt bösartig und befördert mit Vorsatz, trotz besseren Wissens, meine Krankheit.

Sie dürfen versichert sein, dass sich meine Frau in ihre Liebhaber und Kandidaten nicht verliebt hat. Sie wählt ihre Kandidaten nach sehr strengen Kriterien aus.

Zum einen sollen sie ihre politische und berufliche Karriere fördern und zum anderen ihr ein wirtschaftlich unbeschwertes Leben ermöglichen. Wenn Sie den ersten Liebhaber, mit dem mich meine Frau noch zur Zeit unseres gemeinsamen Lebens betrogen hat, kennengelernt haben, werden Sie nicht nur ihr Motiv verstanden haben.

Trotz kürzerer Röcke ist es schwierig für sie, in einer katholischen Region, Ehemänner in ihr Spinnennetz zu locken.

Sicherlich nimmt der eine oder auch andere ihrer Kandidaten dennoch gerne ihre „Offerte" geschmeichelt an.

Wenn diese Kandidaten auch verheiratet sind, sie sind „nur" Männer und nutzen gerne die Gunst der Stunde.

Nachdem meine Frau festgestellt hat, dass ihre Strategie bei verheirateten Männern nicht zum gewünschten Ziel führt, setzt sie nunmehr auf einen der wenigen Junggesellen in unserer Stadt, der dennoch ihrem Anforderungsprofil entspricht.

Ihr „Neuer Kandidat" hatte schon seit einer längeren Zeit keine Beziehung zu einer Frau unterhalten und ist daher ein dankbares Opfer für meine Frau, und zusätzlich kann er ihr in ihren vielenrechtlichen Auseinandersetzungen mit mir, „pro bono", behilflich sein. Ich kann mich noch sehr gut daran erinnern, wie meine Frau eine ehemalige Freundin verhöhnte, als diese häufig betonte „Mein Mann ist Anwalt".

Meine Frau ist eine Meisterin im Instrumentalisieren und Manipulieren ihrer Opfer, aber auch ihrer Freunde.

In dem letzten Schreiben ihres „Neuen" Anwalts wird mir eine vorgetäuschte Krankheit unterstellt.

Auch dieser Herr wird nach einer gewissen Lernphase, die Manipulationen seiner „Mandantin" entlarven und ihrem Spinnennetz vielleicht entkommen können. Heute hat mir meine Frau mein Leasingfahrzeug herausgegeben. Übrigens - sie wohnt noch immer in unserem Haus.

Bei unseren letzten Treffen seit meinem Auszug aus unserem Haus Ende September, habe ich es bewusst vermieden meiner Frau ins Gesicht zu schauen.

Der Grund hierfür waren die Ratschläge meiner Ärzte, die mir helfen sollten, von meiner Liebe loslassen zu lernen. Mittlerweile habe ich losgelassen und hatte, anlässlich der PKW Übergabe, den Mut sie anzuschauen. Das was ich gesehen habe, hat mich sehr traurig gemacht. Der kurze Minirock meiner Frau, stand in keinem Einklang zu ihrem Gesicht.

Meine Frau ist seit meinem Auszug aus unserem Haus Ende September mehr als schnell gealtert und sieht sehr vergrämt aus. Dennoch hat sie sich bemüht, mir gegenüber selbstbewusst und arrogant aufzutreten.

Mitunter erinnere ich mich an meine Zeiten, in denen ich als junger Mann Sigmund Freud gelesen habe.

Sigmund Freud hatte die These aufgestellt, dass sich jede Ehefrau im Rahmen ihrer Ehe prostituiert.

Der Ehemann bringt das Geld nach Hause und als Gegenleistung ist die Ehefrau ihrem Ehemann zu jeder Zeit, auf dessen Wunsch hin, zu Diensten.

„Sehr geehrter Herr Sigmund Freud,

an dieser Stelle unterlagen Sie einem gewaltigen Irrtum. Ich habe nahezu 18 Jahre nicht nur das Geld verdient, ich habe auch gerne und immer aus eigenem Antrieb und Liebe heraus meiner Frau Blumen, Parfüms und Schmuck,

unabhängig von Geburtstagen oder sonstigen Feiertagen geschenkt. Hiermit habe ich mir niemals ihre Gunst oder Liebe erkaufen wollen."

Meine Frau ist erst durch ihre Gier nach öffentlicher Anerkennung zu dem geworden, was sie heute ist.

Seit meinem „Zusammenbruch" am 25. August 2012 ist nicht nur bei meiner Frau viel „Neues" passiert, ich selbst bin nach vielen gesundheitlichen und wirtschaftlichen Rückschlägen weiterhin auf der Suche, einen Weg aus meiner Einbahnstraße zurück ins Leben zu finden.

Gerne möchte ich Ihnen mit den nachfolgenden Zeilen meine aktuelle Gefühlswelt vermitteln.

Dass ich die Phase der zarten Hoffnung erreicht habe, verdanke ich meinen Schweizer Freunden und einer sehr engen Freundin.

„Die Schatten auf meiner Seele ziehen weiter, schon morgen trägt der Wind sie fort. Langsam wird für mich der Himmel heiter und das Sonnenlicht wärmt mich mit seinen Strahlen.

Ich habe so viel gegeben, ich habe so vieles erlebt, ich habe fast alles verloren und trotz allem sehe ich Dich. Das Eis auf meiner Seele zerbricht und macht den Weg zu meinem Herzen frei. Ich spüre wie es schlägt und lasse das neue Glück herein. Du kamst als Engel in meiner schwersten Zeit und hast mir den Weg zurück ins Leben gezeigt. Du bist der Engel, der mir hilft die Stürme zu überstehen. Auch wenn ich Dich niemals lieben kann, weil meine einzige und unsterbliche Liebe mit den Narben auf meiner Seele für immer gestorben ist, werden wir gemeinsam einen Weg zum Licht finden."

Ja, ich habe es zwischenzeitlich geschafft, meine ehemalige Liebe loszulassen.

Hier war der Ratschlag meiner Schweizer Freunde mehr als hilfreich. Mittlerweile wird auch meine Verachtung für meine Frau täglich weniger und ich habe nur noch Mitleid für sie übrig.

Es ist mir jedoch eine Angst geblieben.

Wie soll unser gemeinsames Kind jemals die Handlungsweise ihrer Mutter verstehen?

Verzweiflung

„Oh Gott, bitte hilf mir".

Die schwere, eiserne Tür ist ins Schloss gefallen und den Rest von Helligkeit, den ich wahrnehme, geht von einem kalten Licht in meinem Verlies aus. Ich will fliehen, doch die Schatten ziehen mich tiefer und tiefer in das Dunkel. Unter mir sehe ich den Scheiterhaufen lodern. Der beißende Geruch, der Gestank von Fäulnis, meine trockenen Lippen und das Hämmern in meinem Kopf rauben mir fast die Sinne.

„Bitte, nimm mich mit nach oben. Weshalb, hilfst Du mir nicht? Bitte, lass mich gehen. Bitte, mein Kind wartet auf mich."

Ich sehe, wie sie Schritt für Schritt auf die Tür zugeht und im gleichen Moment verschwunden ist. Ich rufe ihr nach:

„Oh Gott, du bist die Anführerin der Schatten".

Sie ist für immer gegangen.

Schweißgebadet wache ich auf und stelle fest, dass ich allein bin. Das lähmende Gefühl in meinem Kopf wird vergehen, es war nur einer meiner normalen Albträume. Ich bin benommen, desorientiert und habe bereits jetzt schon Angst vor der nächsten Nacht.

Albtraum
Meine Albträume haben zwischenzeitlich skurrile Formen angenommen.

„Die Apokalypse"

Urplötzlich habe ich das Gefühl, den herben Duft von Zedern wahrzunehmen. Unmöglich, es wachsen keine Zedern am Neckar und auch nicht im Odenwald.

Meine Fantasie spielt mir Kapriolen. Ich spüre, wie mir ein Strick um den Hals gelegt wird und wie eine unbändige Kraft mir die Luft abschnürt. Kurz vor dem Erstickungstod kann ich mich befreien und beginne um mein Leben zu laufen.

Egal wo ich auch hin laufe, welchen Haken ich auch schlage, immer ist die hässliche Fratze schneller. Ich spüre beim Laufen meinen schweren Atem und höre die Fratze aus allen Richtungen schallend lachen.

Die Fratze hat mir den Weg abgeschnitten und kommt wie ein Orkan auf mich zu.

Oh Gott ihr fehlt die halbe Gesichtshälfte, der unversehrten Hälfte fehlt das Ohr und in ihrem Schädel klafft ein riesiges Loch, aus dem Gehirn austritt.

Das Lachen wird immer unerträglicher, mir gelingt es nicht zu entkommen. Plötzlich wird das Lachen leiser, leiser und immer leiser, ich wähne mich bereits in Sicherheit. Ein bitterer Trugschluss, von allen Seiten stürmen mehr und mehr Fratzen auf mich ein. Einige von ihnen lachen, andere weinen und weitere stöhnen.

Viele von Ihnen ähneln sich im Aussehen, fast alle haben schwere Kopfverletzungen von Beilhieben oder Schüssen.

Was ich wahrgenommen habe, war nicht der Geruch von Zeder, es ist das viele Blut durch das ich auf meiner Flucht wate. Zwei der Fratzen haben keine Verletzungen, dafür stehen ihnen die Augen weit aus den Augenhöhlen heraus.

Ich bin irritiert, bis ich die Galgenstricke erblicke die um ihre Hälse liegen.

Die Fratzen halten inne und beginnen, wie mit einer Stimme unentwegt zu skandieren „wir hatten Rechte, wir hatten Rechte, wir hatten Rechte". Ich befinde mich direkt auf einem Schlachtfeld, es herrscht Krieg."

So unvermittelt wie meine Panikattacke über mich gekommen ist, so schnell klingt sie auch wieder ab. Mein Puls wird ruhiger und ich bekomme wieder Luft.

Bis zum Sonnenaufgang liege ich wach in meinem Bett und sinniere über meine drastische Fantasie. Ich werde der Welt das Recht nehmen, dass Recht zu töten, morden und zu vergewaltigen. Jegliches Unrecht werde ich von unserer Welt fegen.

Es ist der vielen Opfer genug. Dieses Recht, so wie es praktiziert wird, ist genauso entbehrlich wie ein Kropf oder ein Blinddarm. Nur der Trieb der Menschen, sich unentwegt fortzupflanzen hat bis heute unsere eigene Ausrottung verhindert.

Die Toten, der vielen Kriege unserer Menschheitsgeschichte, sind nie gezählt worden.

Allein im zweiten Weltkrieg sind 26 Millionen Soldaten und 29 Millionen Zivilisten durch die Habgier, den Hass oder politische Interessen ums Leben gekommen. Die Zahl aller Toten, aus tausenden von Kriegen, ist eine nicht vorstellbare Zahl.

In meinem Kopf tanzt meine sterbliche Liebe, im Reigen mit den Schatten auf meiner Seele. Ich bin mit meinem Versuch, über meine Selbstheilungskräfte einen Weg zurück ins Leben zu finden, gnadenlos gescheitert.

Nunmehr bin ich wöchentlich in psychotherapeutischer Behandlung und stelle mich meinen Ängsten und den Schatten.

Meine Hoffnungen auf eine Zukunft habe ich in die Hände einer erfahrenen Psychotherapeutin gelegt.

Meine Therapeutin verfügt nicht nur über langjährige Berufserfahrungen, sie ist vielmehr eine taffe Frau und zeigt mir ungeschminkt und teilweise sehr grob meine Herausforderungen für mein Überleben und Weiterleben auf.

Sie versucht mir aufzuzeigen, dass ich das Recht habe, meine ehemalige Liebe zu hassen. Nach ihrer Einschätzung bin ich einem besonderen Exemplar von Frau, im Gewand einer Schlange im biblischen Sinne, begegnet. Dennoch ist meine Frau nicht nur Täterin, sie ist auch ein Opfer ihrer Kindheit.

Nach nunmehr fünf Sitzungen mit meiner Therapeutin habe ich das Gefühl, ihr auch als Frau Vertrauen zu können. Dennoch weigere ich mich mit Vehemenz, meine Frau zu hassen.

Ich hoffe noch immer, dass meine Wunden sich schließen und die Narben auf meiner Seele und in meinem Herzen nicht zu groß sein werden.

Meine Frau hat mir die zwei größten Geschenke meines Lebens gegeben. Ich durfte sie sechszehn Jahre lieben und es ist mir völlig egal, ob meine Liebe jemals von ihr aufrichtig erwidert wurde. Zum anderen hat sie mir meine Tochter geschenkt.

Es gelingt mir nicht mehr, meine Frau als die Mutter unserer gemeinsamen Tochter anzusehen. Sie ist für mich nur eine Frau, die mir mein Kind geboren hat. Meine ehemalige und wie ich glaubte unsterbliche Liebe und auch ich selbst sind an der großen Kreuzung unserer Leben angekommen.

Ich spüre wie meine Kraft schwindet. Ich habe kaum noch Energie, mich gegen meine Frau und ihren Anwalt zu wehren.

Sie unternimmt mit ihrem neuen Verbündeten - oder soll ich ehrlich bleiben und Liebhaber sagen - alles, um mich durch bösartige und vorsätzliche Lügen in Richtung meines Endes zu treiben. Ich belüge und betrüge mich noch immer selbst.

Ich träume noch immer von meiner unsterblichen Liebe.

Ich kann nicht loslassen! Was habe ich verbrochen, dass meine Liebe so sterben musste?

Ich schäme mich für die Mutter meines Kindes!

Ich schäme mich auch um meiner selbst willen und stelle fest, dass meine Hoffnung auf eine Zukunft für mich nur eine Illusion ist.

Es ist an der Zeit, die Bilanz meines Lebens zu ziehen.

Ursprünglich hatte ich einmal geglaubt, mit meiner persönlichen Lebensbilanz noch viele Jahre warten zu können.

Ja, ich hatte an mein Leben noch viele Wünsche.

Vielleicht waren es aber auch nur Träume. Die Wünsche werden für mich nicht mehr in Erfüllung gehen,

und meine Träume sind am Ende meines „Segeltörns der Liebe" über Bord gegangen.

Von meinen Wünschen hatte ich meiner unsterblichen Liebe noch nicht erzählt, ich hatte nie den richtigen Zeitpunkt hierfür gefunden. Jetzt nachdem meine Träume bei stürmischer See untergegangen sind, möchte ich Ihnen diese gerne offenbaren. Mit meiner großen Liebe wollte ich gemeinsam, unsere Tochter in ein glückliches und hoffentlich sorgenfreies Erwachsenwerden begleiten.

In zehn Jahren wollte ich dann meine Liebe fragen, ob sie sich ein Leben mit mir im sonnigen Süden vorstellen könnte.

Ich wäre sehr gerne, mit ihr in die Nähe von Florenz gezogen.

Dort hatten wir vor fast 13 Jahren einen wunderschönen Urlaub mit ihrer großen Tochter und unserem kleinen Spatz, der nach vielen dramatischen Wochen,

in diesem Urlaub wohlbehütet im Bauch meiner Frau heranwuchs.

Was kann ich als „Passiva" in meiner Bilanz verbuchen?

Wut, Trauer, Enttäuschung, Verrat, Lügen, Krankheit und Hoffnungslosigkeit.

Was kann ich als „Aktiva" verbuchen?

Das tollste Kind der Welt und meine Erinnerungen an meine ehemals unsterbliche Liebe.

Ich habe viel mehr Mut, mehr, als ich mir gemeinhin vorgestellt habe.

Tag für Tag staune ich, je länger meine Liebe hinter mir liegt und je älter ich werde, wie viel Tapferkeit es erfordert, die Schläge zu ertragen, die das Dasein in den letzten Monaten über mich hat prasseln lassen.

Ich habe die Schläge ertragen, für den Fluch noch am Leben zu sein.

Ich habe überlebt für das alltägliche Leben, dass ich mir so nie gewünscht habe, dass mir nichts bedeutet und fern von dem ist, was einmal meine Träume waren. Wenn ich über mein Leben spreche, erzähle ich das, was ich für das Wichtigste halte, um ihretwillen oder auch um meinetwillen. Je mehr Zeit verstreicht, desto mehr bohre, urteile und hinterfrage ich, wie es mein Bedürfnis verlangt.

Hier und in diesem Moment, nehme ich schweren Herzens Abschied von der großen und einmaligen Liebe meines Lebens. Ich bitte Dich mit diesen Zeilen um Verzeihung für alles, was ich dir gegenüber getan oder nicht getan habe.

„So nah und bewusst wie heute werde ich dem Tod nie mehr begegnen.

Stark wie der Tod ist nur die Liebe. Eingehüllt von den Schatten auf meiner Seele erkenne ich, wenn auch verschwommen, dass dies vermutlich mein Ende ist. Es ist nichts mehr.

Nichts als dunkle und schreckliche Schatten. Schatten. Schatten. Schatten. Schatten. Schatten.

Es ist ein Traum, ein furchtbarer Traum... das Leben. Hab ich sie verpasst?

Hab ich die Schlacht des Lebens verpasst? Dann plötzlich und überraschend …

Ein Sonnenstrahl. Ein Sonnenstrahl?

Nein, nur eine Illusion."

Wunden
Seit meinem Auszug aus unserem Haus, sind elf Monate ins Land gegangen. Somit ist der gesetzlichen Trennungszeit genüge getan und meine Anwältin kann noch in diesem Monat meinen Scheidungsantrag an das Familiengericht einreichen.

Ich darf hoffen, dass ich noch vor Weihnachten geschieden werde.

Das Sprichwort sagt, dass die Zeit die Wunden heilt.

Ja!

Das Bild meiner Frau ist mehr und mehr verblasst, und der Rest des Bildes wird mit dem Staub der Vergangenheit zugeweht werden.

Seit sechs Monaten habe ich den Kontakt zu meiner ehemaligen Liebe komplett eingestellt.

Ich kann die körperliche und stimmliche Nähe dieser Frau nicht ertragen.

In ihrer Nähe übermannen mich Wutgedanken und ein körperliches Unbehagen. Die Wut richtet sich jedoch in erster Linie gegen mich selbst, als Strafe für meine Naivität und Blindheit. Ihre Schatten können mich nicht mehr in meinen Nächten ängstigen, da sie ihre Macht über meine Seele verloren haben.

Ich habe meine Liebe zu ihr beerdigt. Mit der wichtigsten Zeit meines Lebens hoffe ich abgeschlossen zu haben und begonnen meine Zukunft zu gestalten.

Sie hingegen ist verzweifelt auf der Suche nach einem neuen Glück. Rastlos zieht sie von Veranstaltungen zu Veranstaltungen und umgarnt dabei mögliche Heilsbringer.

Sie lässt sich bei ihren verzweifelten Versuchen auch nicht durch ihre vielen Peinlichkeiten von ihrem Weg abbringen.

Gewinner und Verlierer

„Die Liebe ist eine Wundertüte. Die Liebe lässt uns hoffen und bangen.
Sie trägt uns zu den höchsten Gipfeln und fängt uns auf, wenn wir drohen zu fallen.
Die Wundertüte birgt aber auch Gefahren in sich.
Die Liebe hindert uns daran, unsere Gedanken und Gefühle in eine ausgewogene Balance mit der Realität zu bringen.
Die Wundertüte der Liebe beinhaltet nicht nur Lust und Geborgenheit. Sie ist prall gefüllt mit Prosa, Poesie und Lyrik und einem bunten Strauß von sonstigen Sinneswahrnehmungen.
Die Liebe ist aber auch ein spannendes Spiel der Hormone.
In jedem Spiel gibt es auch Verlierer."

Ja, ich bin der eindeutige und unbestrittene Verlierer.

Meine Gesundheit und im Besonderen meine Psyche sind noch immer schwer angeschlagen.

Der wirtschaftliche Untergang, hat sich in meiner privaten Insolvenz manifestiert. Um meine Miete vorerst bezahlen zu können, muss ich mich auch bei meiner Ernährung deutlich einschränken.

Nach über 35 Jahren als Autofahrer, bin ich nun zum Fußgänger abgestiegen. Egal, jeder Gang macht schlank. Ich werde lernen müssen, meine Mobilität im Umgang mit meiner Tochter zu organisieren. Meine Zigaretten „drehe" ich jetzt selbst und werde den Konsum auch deutlich einschränken müssen.

Den Weg zum Nichtraucher werde ich vermutlich nicht schaffen.

Ich bin aber auch ein kleiner Gewinner. Zwischenzeitlich gehöre ich wieder zu den Sehenden.

Meine Blindheit der letzten Jahre ist nach nunmehr über einem Jahr kontinuierlicher Psychotherapie nahezu verschwunden.

Mit meinem geschärften Blick weiß ich jetzt, dass ich in den letzten zwei bis drei Jahren von meiner Frau belogen, betrogen und schamlos als „Sprungbrett" ausgenutzt wurde. Als Sehender kann ich jetzt mit meinem Irrtum abschließen.

Ob es mir gelingen wird?

Ich habe Zweifel.

Sie ist die Siegerin auf der ganzen Linie. Ihre Strategie, ist aus wirtschaftlicher Sicht aufgegangen. Nach anfänglichen Fehlern, in ihrer Akquise von willigen und wirtschaftlich gut gerüsteten Kandidaten, hat sie sehr schnell gelernt und ihre Strategie dem eingeschränkten „Männer-Markt" unserer kleinen Stadt angepasst. Sie hat ihr Akquise-Tempo in den letzten Monaten deutlich forciert.

In den letzten Jahren meiner Ehe war meine Frau ein Chamäleon. Ihre Wandlung in den letzten Monaten zur „Dienerin der Liebe" hat ihr letztendlich den rauschenden Sieg beschert.

In Bezug auf meine juristische Noch-Ehefrau gibt es viele Gewinner. Zum Beispiel die Ehefrau des Stadtdezernenten, ihrem ersten Liebhaber, die jetzt besser schlafen kann. Ihr Mann hatte die Affäre gerne „mitgenommen", sich jedoch nicht aus seiner Ehe herauslösen lassen. Auch andere Kandidaten hatten ihren Spaß, wurden jedoch durch das offensive Werben meiner Frau verschreckt.

Meine Frau stand nach ihren gescheiterten Bemühungen unter Zeitdruck.

Als Teilzeit-Erzieherin wurden ihr vor drei Monaten, die Stunden an der Schule gekürzt.

Ich selbst konnte wegen meiner misslichen, wirtschaftlichen Lage nicht den von ihr begehrten Trennungsunterhalt zahlen.

Das gemeinsame Haus wird in den nächsten Wochen zwangsversteigert, und hier wird ein gemeinsamer Schaden in Höhe von ca. 60.000 bis 70.000 € als Schuldenlast verbleiben.

Als öffentliche Person kommt es für meine Frau nicht in Frage, selbst in die private Insolvenz zu gehen.

Schon vor Monaten hatte meine Frau daher in ihrem Netzwerk verlauten lassen, dass sie dringend einen Finanzierer finden muss. Hier hat ihr Netzwerk voll gegriffen und ihre Anstrengungen wurden belohnt. Bereits vor zwei Monaten wurde mir zugetragen, dass ihr aktueller Liebhaber ein verheiratet und dennoch ungebundener Arzt - aus einem Ortsteil bzw. Dorf unseres Städtchen - ist.

Zwischenzeitlich hat sie ihren Finanzierer in ihre Familie und ihren Bekanntenkreis als ihren neuen Lebensgefährten, an einem für mich unvergesslichen Datum, eingeführt. Makaber, an unserem gemeinsamen Jahrestag.

Für sie, auf den Tag genau zwölf Monate nach ihrem 50. Geburtstag und für mich zwölf Monate nach meinem Zusammenbruch und meinem ersten Klinikaufenthalt in der geschlossenen Psychiatrie.

Soll ich nun lachen oder weinen?

Ihre Suche nach dem Glück, hat ein krönendes Happy End für sie gefunden.

In den Herbstferien hat er sie zum Tauchen in den Süden eingeladen.

Auch hier bin ich im Zwiespalt!

Wenn meine Frau mit ihrem neuen Partner in den „Flitterwochen" ist, jährt sich unser letzter gemeinsamer Familienurlaub.

Als wir mit unserem kleinen Spatz vor einem Jahr im Urlaub in Ägypten waren, wollte meine Frau den Tauchschein machen. Den Kurs hat sie abgebrochen, da sie nicht mit der Atemtechnik und dem Equipment klar kam.

Mit einem Partner, der selbst ein erfahrener Taucher ist, und mit dem Rückenwind und der Motivation des neuen Glücks, bin ich mir sehr sicher, dass der zweite Anlauf zum Tauchschein meiner Frau gelingen wird. Meiner Tochter wurde von ihrer erwachsenen Halbschwester ein Handy als Geschenk in Aussicht gestellt, wenn sie mit in den Urlaub fliegt.

Andererseits, hat meine Frau meiner Tochter zu verstehen gegeben, dass auch weitere Freunde aus dem Tauchclub ihres neuen Partners in den Urlaub mitfliegen und sie das einzige Kind in der Urlaubsrunde wäre. Hier hat die Beeinflussung meiner Tochter sogleich Früchte für meine Frau getragen.

Welches Kind hat schon Spaß an einem Urlaub ohne andere Kinder. Meine Frau kann unbeschwert und unbelastet in den Urlaub fliegen und die neue Beziehung festigen. Meine Tochter, möchte die Urlaubswoche bei mir verbringen.

Vorsorglich hat meine Frau und ihr großzügiger und fürsorglicher Partner ein Flugticket für meine Tochter reserviert für den Fall, dass ich mich aus gekränkter Eitelkeit nicht für dieses abgekartete Spiel, als Abschiebebahnhof für meine Tochter, zur Verfügung stelle.

Eitelkeiten leiste ich mir schon lange nicht mehr, und die vielen Kränkungen habe ich längst überwunden.

Ich brauche meine wenige Kraft für mein reduziertes Leben und vor allem für meinen Spatz.

Für die Urlaubswoche meiner Frau, prostituiere ich mich gerne als Steigbügelhalter.

Ich freue mich bereits auf die Woche mit meinem Kind.

Irrtum, meine Tochter ist dann doch kurzfristig mit in den Tauchurlaub geflogen.

Ja, meine Frau hat gewonnen und ich muss mir meine Niederlage eingestehen.

Wetten, dass meine Frau nach dem Liebesurlaub die Schulden für unser Haus jetzt verkraften kann und die Insolvenz vermeiden wird. Sie geht den Weg, den sie glaubt gehen zu müssen. Wenn sie am Ende ihres finalen Weges ihre Augen zum letzten Mal schließen muss, wünsche ich ihr dennoch nicht, dass sie auf ihrer Reise ins Nirwana von ihren dunklen Schatten begleitet wird.

Vielleicht wird sie sich bei ihrer letzten Reise, mit Trauer und Wehmut an unsere gestorbene Liebe erinnern.

Auf meiner Zeitreise, habe ich meine Geschichte erzählt. Sicherlich ist meine Sicht auf die Ereignisse der letzten 18 Jahre nicht immer objektiv. Diesem Anspruch kann und konnte ich nicht genügen, da meine Liebe und meine Gefühle - in meiner Betrachtung - durch Verletzungen getrübt waren und sind.

Habe ich meinen Frieden gefunden?

Nein, nicht alle Wunden sind verheilt!

Fast jede Nacht habe ich den gleichen Albtraum.

Meine noch juristische Frau sitzt mir am letzten Tag, vor meinem Auszug aus unserem Haus, vis-a-vis am Küchentisch und schwört beim Leben meiner Tochter den bekannten Meineid. Den Eid hat sie vor gut einem Jahr geleistet. Diese Lüge, kann und werde ich ihr niemals verzeihen.

In meinen Alpträumen verunglückt meine Tochter tödlich beim Schwimmen, Tauchen, Klettern, Fahrradfahren oder wird von einem LKW überrollt.

„Die Tage scheinen kein Ende nehmen zu wollen. Rastlos streife ich durch die engen Gassen meiner kleinen Stadt. Mir begegnet ein Gesicht nach dem anderen. Im Vorbeigehen schaue ich in leere Augen und verzerrte Fratzen.
Ist es das Winterwetter, welches sich auf die Psyche der Menschen gelegt hat?
Oder geht es den anderen Menschen wie mir?
Warten auch Sie auf die Nacht?
Die Tage bereiten mir mehr und mehr Angst. Jeder Tag ist mir zur Qual geworden.

Ich kann unsere Unfähigkeit in unserem Menschsein nicht ertragen.
Wir treiben Raubbau an unserer Natur.
Wir führen Kriege. Kinder leben mit Hunger im Elend.

Wir schieben unsere Mütter und Väter in Altenheime ab.
Wir hetzen dem Konsum nach und haben den Blick für das schöne und wichtige im Leben verloren.
Der Tag ist mein Feind geworden.
Sehnsüchtig warte ich auf die Nacht.
Die Nacht meint es gut mit mir und ist mir ein neuer Freund geworden. In der Nacht träume ich mir eine bessere Welt".

Wenn ich auf meinem Sterbebett liege, dann werde ich mit meinen alten und müden Augen meinen letzten Film sehen.

Wenn ich meine Augen mit einem Lächeln schließe, weiß ich, dass ich mein Leben gelebt habe.

Wenn ich mich jedoch versuche auf meiner letzten Reise zu wehren und ich nicht loslassen kann, dann hat das Leben mich gelebt.

„Der Tod hat keinerlei Bedeutung für mich und er macht mir auch keine Angst; denn solange ich da bin, ist der Tod nicht da, wenn aber der Tod da ist, dann bin ich nicht da."

„Die Tür des Glücks geht nicht nach innen auf. Sie geht nach außen auf. Ginge sie nach innen auf, bräuchten wir nur warten bis das Glück zu uns hereintritt.

Sie geht nach außen auf, damit wir ins Leben treten um das Glück zu suchen und zu finden."

In meiner Erzählung ist mir vieles aus meinem Leben in Erinnerung gerufen worden und ich habe mehr über mich und mein Leben erfahren, mehr als es mir manchmal lieb war.

Die Liebe hat zwei Gesichter.

Bedingungsloses Vertrauen oder grenzenlosen Hass.

Das Leben besteht nicht nur aus Höhen und Tiefen und nicht nur aus Trauer und Freude.

Das Leben ist so bunt wie eine Wiese im Wechsel der Jahreszeiten.

Das Ende
Um jemanden verraten zu können, muss man den anderen erst dazu bringen, dass er einem vertraut.

„Die Wahrheit ist eine unzerstörbare Pflanze. Man kann sie unter einen Felsen vergraben, sie stößt trotzdem durch, wenn es an der Zeit ist."

Der Schwerpunkt dieser Erzählung, ist auf den Blickwinkel des Mannes ausgerichtet. Dieser war in erster Linie von großer Liebe und später von Krankheit, Enttäuschungen, Verzweiflung und Wut geprägt. Die drei nachfolgenden Fragen liegen noch immer im Nebel verborgen.

Agierte der Mann als Racheengel, um sein verletztes Ego zu befriedigen?

War seine Sichtweise durch seine Depressionen verschleiert?

Wurde er zum Opfer, durch seine verratene Liebe und dem Egoismus der Frau?

Als Leser haben Sie unterschiedliche Erfahrungen in Bezug auf ihre eigenen Träume, Hoffnungen und Wünsche zum Thema Liebe gemacht. Der eine Teil von Ihnen ist selbst der sterblichen Liebe und der andere Teil der unsterblichen Liebe begegnet. Entsprechend ihrer persönlichen Erfahrungen, haben Sie die Fragen unterschiedlich für sich beantwortet.

Wir nähern uns dem 5. August 2014 an und daher möchte ich Ihnen gerne einen kurzen Überblick zu den letzten Monaten geben.

Unser Protagonist wurde im Mai 2014 geschieden. Er hat bis zu seinem Ende, über einen Zeitraum von über 12 Monaten, eine wöchentliche Psychotherapie mit insgesamt 40 Sitzungen durchgestanden. In diesen Sitzungen hat er versuscht seine Ängste zu verdrängen und seine Todessehnsucht zu besiegen.

Trotz seines verzweifelten Kampfes, hat die Therapie nicht das erhoffte Ergebnis gebracht.

Die Gründe hierfür waren:

In den letzten Monaten hat der Mann seine Bindung zu seiner Tochter mehr und mehr verloren.

Die Mutter seiner Tochter, hatte seinem Kind suggeriert, dass ihr Vater nicht krank ist und somit arbeiten könnte.

Am 5. August endet der Bezug von Krankengeld und der Mann verliert seine Wohnung.

Der Reiseengel, der Seiltänzer und seine Sehnsucht nach dem Tod hatten ihn besiegt.

Ihre Sicht
„Morgen ist mein 52. Geburtstag. Ich erinnere mich noch sehr genau an meinen 50. Geburtstag. Erstaunlich, wie schnell die Zeit verrinnt.

Mein Exmann und Vater meiner nunmehr fast vierzehnjährigen Tochter, befand sich an meinem persönlichen Ehrentag in der geschlossenen Psychiatrie.

Laut Auskunft der Ärzte hatte er einen Zusammenbruch und wollte Selbstmord begehen. Ich mache es mir in meinen Tagträumen relativ einfach und unterstelle ihm einfach, dass er ein Simulant war.

Die Bilder in meinen Nachtträumen sehen jedoch völlig anders aus.

Meinen neuen Lebensabschnitt habe ich gegenüber meiner kleinen Tochter mit einer Lüge gestartet.

Lüge?

Nein, ich springe nur über die Hindernisse, die meinem neuen Leben im Weg stehen.

In der Not muss ich auch bereit sein, die Wahrheit zu biegen.

An meinem morgigen Geburtstag ist es erst 22 Monate her, dass mein Exmann aus unserem Haus ausgezogen ist.

In den ersten Monaten nach der Trennung, hatte ich oft Zukunftsängste und viele schlaflose Nächte mit quälenden Fragen, die mich über Monate begleitet und häufig an meine Grenzen gebracht haben.

Wie soll es jetzt weitergehen?

Wo finde ich eine neue und bezahlbare Wohnung?

Was wird aus den Schulden für das Haus?

Was passiert, wenn ich in die private Insolvenz gehen muss?

Wie soll ich finanziell über die Runden kommen?

Was sagen die Kollegen im Stadtrat, der Partei und die Öffentlichkeit?

Ich bin mächtig stolz auf mich, ich habe alles richtig gemacht und die schwere Zeit der letzten Monate ist nur noch eine Episode meiner Vergangenheit. Nach Umwegen habe ich alle quälenden Fragen beantwortet.

Ich habe es geschafft, bin angekommen und habe meine Träume verwirklicht. Schon sehr bald werde ich meinen neuen Partner ehelichen. Mir ist eine Punktlandung gelungen.

Was mir vor 18 Jahren gelungen war, habe ich erneut geschafft. Männer sind halt alle gleich.

Mein neues Leben hat seine weißen Schwingen für mich weit geöffnet und wird mich bis zum Gipfel tragen.

Ich hätte gerne mein neues Leben mit meiner ersten Affäre, dem Stadtdezernenten, in Angriff genommen.

Schade, er war leider nicht bereit sich scheiden zu lassen. Aber ein Arzt, ist für mich auch angemessen und sicherlich kein schlechter Kompromiss, zumal die anderen Kandidaten und im Besonderen der Zeitungskiosk-Besitzer eher Notnägel gewesen wären. Meine vielen Hilfslügen der letzten Monate wird mir meine kleine Tochter verzeihen und meine große Tochter hat eh Verständnis für mich.

Wenn ich ehrlich zu mir bin, ich komme mir vor wie die kleine Krankenschwester in einem billigen Arztroman, die immer vom Chefarzt träumte und sich ihn auch angeln konnte.

Ich habe meine Biografie, mein Leben zu einem erfolgreichen Abschluss gebracht.

Mit Fleiß, Mut, Beharrlichkeit und Klugheit.
Im Osten ohne Vater aufgewachsen.

Ein uneheliches Kind von einem Mann, von dem ich mich nach einer nur kurzen Zeit getrennt habe. Er war halt ein "Langweiler". Mein erster Ehemann, noch zu DDR Zeiten, ein technischer Leiter eines HO Kaufhaus und Hobby-Musiker.

Als dieser nach der Wende, als kleiner Unternehmer, gescheitert ist, habe ich mich von ihm getrennt. Er war der klassische „Verlierer".

Mein letzter Ehemann ist mir sofort nach der Trennung vom meinem Hobby- Musiker, als leichte Beute, vor die Füße gelaufen. Er hat jedoch meinen Wunsch nach Veränderung wie z.B. Partei, Stadtrat, Öffentlichkeit und Anerkennung nie verstanden und gewürdigt.

Er war ein neidischer „Blockierer".

Mein neuer Partner, „ein Gott in Weiß", wird mir weitere Türen öffnen.

Ich bin sehr gespannt und freue mich auf eine Entdeckungsreise in mein neues Glück. Hier ist es unerheblich, wie sich diese Ehe und die Zukunft entwickelt. Einen erneuten Wechsel des „Pferdes" werde ich nach den letzten „Abwürfen" und kritischen Monaten wohl nicht mehr riskieren. Das Glück war mir hold, und ich werde es nicht erneut herausfordern.

Nach vielen Monaten der Ungewissheit freue ich mich auf meinen Geburtstag.

Ich bin angekommen, wenn ich auch 52 Jahre warten, kämpfen und taktieren musste.

Vor 14 Tagen hat meine kleine Tochter ihren Vater zu Grabe getragen.

Er hatte ihr durch eine Lebensversicherung Geld hinterlassen und sie in einem Abschiedsbrief gebeten, seine Beerdigung zu bezahlen.

Da meine Tochter erst 14 Jahre alt ist, musste ich sie zur Beerdigung begleiten. Somit hatte ihr Vater, wenn auch von mir ungewollt, zwei Trauergäste an seinem Grab. Meine Tochter war sehr tapfer, sie hat nicht geweint.

Da ich die Beerdigung für meine Tochter organisiert habe, habe ich mich für ein anonymes Grab entschieden.

Meine Tochter soll schnell ihren Vater vergessen und ich denke, dass sie schnell, sehr schnell darüber hinwegkommen wird.

Sie kennt ja die Geschichte ihres Vaters, der letzten zwei Jahre, nur aus meiner Sicht."

Venedig am 5. August
Es ist definitiv mein letzter Urlaub und hier endet die Reise meines Lebens. Die Luft ist angereichert mit einem fauligen Geruch und ein dichter Nebelschleier liegt über dem Wasser.

In einer Stunde wird die Sonne aufgehen und die Stadt wird beginnen zu leben, sie wird pulsieren. Weit und breit kann ich noch keine Menschenseele ausmachen.

Ich genieße diese einsamen Morgenstunden, besonders Tage wie diesen, in dem der Mondschimmer keine Chance hat den dichten und geheimnisvollen Nebelschleier zu durchdringen.

Die festgezurrten Gondeln, schaukeln im Einklang mit dem zarten Wellengang. Der Nebel und die Ruhe geben mir ein Gefühl von Geborgenheit.

In wenigen Stunden werden Touristen, wie die Heuschreckenplage in der Bibel, über meine Stadt hereinbrechen und die Ruhe und den Frieden mit einem Orkan von Lärm in ein Sodom und Gomorra verwandeln.

Seit vierzehn Tagen komme ich jeden Morgen, fast zur gleichen Zeit zur Rialtobrücke und schaue über den Canal Grande. Ich bin jedes Mal berauscht Venedig erwachen zu sehen. Ich schließe die Augen, atme die Luft und genieße diese einsamen Morgenstunden. Ein leichter Wind zieht auf und streichelt mich mit einem zarten Hauch von Einsamkeit.

Ich liebe die Einsamkeit, sie ist mir die wichtigste Gefährtin, neben dem Seiltänzer in meinem Kopf, in meinem Leben geworden.

Heute ist der 5. August und der Seiltänzer in meinem Kopf ist abgestürzt und verstorben.

In den letzten zwei Jahren war er mein ständiger Begleiter und ist mir ein verlässlicher Freund gewesen.

Er hat Wort gehalten und erfüllt mir meine Sehnsucht. Er nimmt mich mit, zu seinem letzten Auftritt im Nirgendwo.

Durch den Absturz meines Seiltänzers wird mir in diesem Augenblick bewusst, dass ich mein Leben schon seit einigen Jahren nicht gelebt hatte.

Das Leben hatte begonnen mich zu leben. Obwohl ich die Wahl hatte, Passagier oder blinder Passagier meines Lebens zu sein.

Die Erkenntnis in den letzten Jahren der blinde Passagier gewesen zu sein, haben meine Ängste noch verstärkt.

Ich rufe dem Seiltänzer zu:

„Der Reiseengel wartet auf mich. Ich bin soweit, Du kannst jetzt loslassen".

Mein letzter Gedanke:

„Ich liebe Dich mein Spatz, vergiss deinen Papa nicht und bitte verzeihe mir".

Kurz vor dem Aufschlag auf der Wasseroberfläche, schießen mir Fluten von Bildern durch den Kopf.

Drei Tage später ....

Ich öffne meine Augen und nehme nur sehr langsam meine Umgebung war.

Mir wird bewusst, dass ich mich in einem Krankenzimmer befinde.

Eine Ärztin hält meine Hand und erzählt mir, in einem etwas holprigen Deutsch, was in den letzten drei Tagen mit mir geschehen ist.

„Am 5. August hat Sie eine Gruppe jugendlicher Nachtschwärmer, in der Nähe der Rialtobrücke, aus dem Canal Grande gezogen.

Die Jugendlichen haben Sie bis zum Eintreffen der Rettungssanitäter beatmet und Ihnen damit das Leben gerettet.

Die Rettungssanitäter sind von einem Unfall oder einer Unachtsamkeit Ihrerseits ausgegangen, da Sie stark nach Alkohol rochen.

In der Notaufnahme habe ich jedoch neben einem Blutalkoholgehalt von 3,9 Promille, zusätzlich eine sehr starke Überdosierung von Schlafmitteln und Psychopharmaka festgestellt. Haben Sie vielleicht versucht, sich ihr Leben zu nehmen?".

Anstatt der Ärztin zu antworten, lächele ich versonnen vor mich hin.

Der Reiseengel hatte meinen Seiltänzer ausgetrickst und ihn allein auf die Reise geschickt.

Ich habe den Seiltänzer und die Schatten auf meiner Seele für immer losgelassen. Ich hatte mich die letzten zwei Jahre geirrt.

Der Reiseengel wurde zu mir gesandt mit dem Auftrag, nur meinen Seiltänzer auf die Reise zu schicken.

Auf die erneute Nachfrage der Ärztin antworte ich ihr jetzt gerne.

„Ja, aber mein Reiseengel hat für mich eine andere Reiseroute gewählt. Er hat mich auf die Reise zurück in das Leben geschickt."

Melancholie

Die härteste Prüfung, die mir das Leben auferlegt hatte, habe ich überstanden. Ich habe meine schweren Depressionen, nach einer schmerzhaften Zeitreise und einer Rückschau auf mein Leben, überwunden. Ich habe in der Phase meiner Erkrankung sehr viel über mich erfahren, mitunter mehr als ich ertragen konnte.

Die mir in meiner Kindheit versagte Liebe meiner Mutter, habe ich in meiner Suche und in der Sehnsucht nach meiner eigenen kleinen Familie versucht zu kompensieren. Ich würde es mir aber zu einfach machen, wenn ich für meinen weiteren Lebensweg meine Kindheit als Alibi vorschöbe. Auf meiner Reise durch mein Leben ist mir heute bewusst geworden, dass ich die kostbare Zeit in meinem Leben, in vielen Momenten leichtfertig habe verrinnen lassen.

Heute weiß ich auch, dass jeder der schmerzhaften Tage dennoch ein gelebter Tag war.

Diese Erkenntnis habe ich erst jetzt - nach der Seelenwanderung durch mein Leben - gewonnen.

Die Endstation meines Lebens vor Augen, habe ich begonnen und auch gelernt mir die richtigen Fragen zu stellen.

Was ist, wenn an meinem vorzeitigen Reiseziel außer Dunkelheit nichts weiter ist? Was passiert mit der Sagen umwogenden Seele? Wird sich meine Seele von meinem Körper eher sanft oder schmerzhaft lösen? Wird meine Tochter, wenn ich mir das Leben aus Angst, Verzweiflung oder auch nur aus Feigheit vor meiner ungesicherten Zukunft nehme, an meinem Suizid zerbrechen?

Meine Gedanken oder vielleicht auch der Seiltänzer in meinem Kopf, sprangen in den letzten zwei Jahren unentwegt hin und her. Sie streiften meist nur sehr kurz und oberflächlich die Stationen meines Lebens.

Der Seiltänzer in meinem Kopf hatte nie die Balance gefunden.

Bei keinem meiner Streifzüge durch mein Leben hatte ich den Mut, einen längeren Blick auf die wichtigsten Stationen meines Lebens zu werfen. Jeder noch so kurze Blick verursachte mir Schmerzen und Ängste. Loslassen zu müssen war ein Prozess, den ich nur schwer aushalten konnte.

Ich war mir immer sehr sicher, Schritt um Schritt, auf mein Leben zugegangen zu sein. Trotz meiner vielen Schritte, bin ich mit meinem Leben sehr fahrlässig und oberflächlich umgegangen. Für viele Dinge hatte ich mich interessiert, auch für die Wirklichkeit, die mich umgab, aber in meinem Kopf verursachte der Seiltänzer ein stetiges Chaos. Ich hatte meine wertvolle Zeit an unwichtige Momente verschenkt und die wichtigen Momente verhungern lassen. Die Reise in meine Vergangenheit überflutete meine Erinnerungen mit einem Überschuss an Emotionen und Ängsten, die ich nicht beherrschen konnte und die mein Herz mit Sehnsucht und gleichermaßen mit Trauer füllten.

Ich versuchte mich zu erinnern, zu erinnern an die besonderen Momente.

Als ich gelernt hatte mich meinem Leben zu stellen, fand ich in den letzten Wochen auch den Mut einen längeren Blick auf meine Gefühlswelt zu werfen.

Zu meiner großen Überraschung waren die wichtigen Momente sofort präsent. Der erste Blick von ihr, der erste Kuss, die erste gemeinsame Nacht und unser gemeinsames Kind.

Für einen kurzen Moment ist sie zurück in meinen Gedanken, die Magie der Liebe. In meinen Gedanken, werfe ich einen verstohlenen Blick auf ihr Antlitz. Meine Erinnerung an sie, lässt die anderen Momente im Dunkel zurück.

Es war der verstohlene Blick eines Verlorenen, der fürchtete, jene Liebe zu verlieren, die das Glück in seinem Leben war. Ich hatte Angst meine kleine Tochter dem Hass, Neid und dem Zynismus unserer Gesellschaft überlassen zu müssen und ihr in Zukunft nicht zur Seite stehen zu können.

In diesen Augenblicken, in denen ich glaubte das mein Leben gnadenlos auf das unvermeidbare Ziel zusteuerte, erinnerte ich mich an das Millennium Jahr 2000, als ich im November, auf der Entbindungsstation, meine kleine Tochter im Arm halten durfte.

Bewegt und gleichermaßen eingeschüchtert wusste ich nicht, wie ich mit dem Bündel umgehen sollte.

Auch wusste ich zum damaligen Zeitpunkt noch nicht, welchen besonderen Platz dieses kleine, unbeholfene Wesen in meinem Leben einnehmen würde. Wie fast alle Männer habe ich meine Gefühle, für meine Frau und Tochter, ihnen gegenüber nie gezeigt.

Der Verlust und die Angst meine Tochter auf meiner letzten Reise zurücklassen zu müssen, hatte eine nicht beschreibbare Verzweiflung in mir ausgelöst. Ich war der einzige Fahrgast in dem Zug, der mich zu meinem Ziel bringen sollte. Ich hatte keine Rückfahrt gebucht. Der Zug fuhr durch einen langen und dunklen Tunnel. Am Ende des Tunnels warf ich einen Blick auf meine Tochter und konnte sie heranwachsen sehen.

Wie alle Kinder, hat auch meine Tochter viele Herausforderungen im Leben zu bestehen. Sehr gerne hätte ich sie noch ein längeres Stück auf ihrem Weg begleitet.

Ich wurde jedoch bereits an der Endstation erwartet.

Nein, nach meinem Sieg über meine Depressionen wird mein Zug seine Reise mit mir fortsetzen und ich werde meine Tochter weiter begleiten dürfen. Ich habe mich von meinen Depressionen und den Schatten auf meiner Seele für immer befreit. Geblieben sind Momente der Melancholie. Die Schmerzen sind vergangen, die Erinnerungen an die Liebe meines Lebens verblasst. Die Zeit ist mein neuer Freund geworden. Nur in meinen Träumen stirbt die Liebe nie. Wenn die Liebe stirbt, bleibt die Sehnsucht. Wenn die Sehnsucht vergeht, steht der Tod vor der Tür. Der Tod ist verschwiegen, er verrät uns nicht was uns erwartet.

Er darf aus meiner Sicht noch sehr lange schweigen, denn ich habe noch viele Sehnsüchte.

Meinem Seiltänzer wünsche ich eine gute Reise, ohne Rückkehr, nach Nirgendwo.

Sollten die letzten Bilder die ich vor meinem Tod gesehen hatte zur Wirklichkeit werden, wird mir für den Rest meines Lebens eine bittere Erkenntnis bleiben.

Ich war kein Opfer meiner Liebe,

ich war der Täter und habe mich geirrt.

Ich habe mich gerichtet und hoffentlich finde ich meinen Frieden.

Anmerkung-/Schlusswort des Autors:

Schon morgen können Sie zu den Betroffenen gehören! Pro Jahr begehen 11.000 „verlorene Seelen", mit steigender Tendenz, Suizid. Häufig ist hier das Tabuthema Depressionen der Auslöser für den Freitod. Die Ursachen für Depressionen sind so vielfältig wie die Natur. Jede verlorene Seele, die sich in ihrer Einbahnstraße nach nirgendwo befindet kann eine Abzweigung zurück ins Leben finden.

Können Depressionen überlebt werden?

Lernen Sie verzeihen und wandeln Sie ihre Ängste in eine legitime und gesunde Wut um. Suizid ist und bleibt immer eine sinnlose Flucht vor dem Leben. Fassen Sie Mut und erinnern Sie sich an die schönen Momente in ihrem Leben und treten Sie aus der Rolle des Opfers heraus.

Lassen Sie ihre Ängste hinter sich und beginnen Sie zu leben.